CONCERTO CAMPESTRE

LIVROS DO AUTOR PUBLICADOS PELA **L&PM** EDITORES:

Breviário das terras do Brasil (**L&PM** POCKET)
Cães da Província (**L&PM** POCKET)
Concerto campestre (**L&PM** POCKET)
Ensaios íntimos e imperfeitos
Figura na sombra
Manhã transfigurada (**L&PM** POCKET)
A margem imóvel do rio
Música perdida
Pedra da memória
Perversas famílias
O pintor de retratos
Videiras de cristal

Luiz Antonio de
Assis Brasil

CONCERTO CAMPESTRE

www.lpm.com.br
L&PM POCKET

Coleção **L&PM** POCKET, vol. 1089

Texto de acordo com a nova ortografia.

Capa: L&PM Editores sobre ilustração de Caulos
Revisão: Cíntia Moscovich e Ruiz Faillace

Este livro foi publicado pela L&PM Editores, em primeira edição, em formato 14 x 21 cm, em agosto de 1997
Primeira edição na Coleção **L&PM** POCKET: março de 2025

CIP-Brasil. Catalogação na Fonte
Sindicato Nacional dos Editores de Livros, RJ.

B83c

Brasil, Luiz Antonio de Assis, 1945-
Concerto campestre / Luiz Antonio de Assis Brasil. – Porto Alegre, RS: L&PM, 2025.
192 p. : 18 cm. (Coleção L&PM POCKET; v. 1089)

ISBN 978-85-254-2768-7

1. Romance brasileiro. I. Título. II. Série.

12-8234. CDD: 869.93
CDU: 821.134.3(81)-3

Rua Comendador Coruja, 314, loja 9 – Floresta – 90.220-180
Porto Alegre – RS – Brasil / Fone: 51.3225.5777

Pedidos & Depto. Comercial: vendas@lpm.com.br
Fale conosco: info@lpm.com.br
www.lpm.com.br

Impresso no Brasil
Verão de 2025

1

– "SOMOS POUCOS AQUI..." – ASSIM FALAVA O Major Antônio Eleutério de Fontes, o potentado em terras e charqueador, quando se referia à sua gente. Nem tão poucos: três filhos homens, dois netos e uma filha temporã, além de agregados, escravos e seis mil reses vivendo naquelas oito léguas de campo que costeavam a margem direita do rio Santa Maria, o de areias branquíssimas.

– "...mas gostamos muito de música" – concluía, desconcertante, abanando-se ao calor diabólico das tardes domingueiras, isso um pouco antes de sua orquestra pessoal, armada à sombra de um umbu, frente à casa da estância, iniciar a tocata para a plateia disposta em filas de cadeiras que seguiam os desníveis do terreno. A família, reunida para a ocasião, parava-se na terceira linha: a esposa, D. Brígida de Fontes, redonda como um melão maduro, e cujo azul da barba nascente dava-lhe o aspecto de coisa mitológica, imperava com um simples olhar sobre os filhos homens – o mais velho, morador naqueles domínios, mas a distância prudente, vinha com a mulher, esta amparando um infante roliço sobre os joelhos; os outros dois, que ainda viviam na casa paterna, ficavam lado a lado: o do meio em idade, mal cabendo no terno de garança cor de azeitona, seguia o voo longínquo e circular dos corvos sobre o tanque da charqueada; o último, um moço de mãos ásperas, imprevistamente descobria um tornozelo emergindo sob a barra de um vestido, e ocupava-se em adivinhar-lhe a sequência. Já no extremo da fila, ao lado de seu prometido, sentava-se a filha do Major, o espírito incendiado, amarrotando um lenço entre os dedos, e qualquer um poderia dizer que estava muito doente. À frente dessa prole equívoca, as duas primeiras filas – de honra – eram compostas pelos convidados: estancieiros e suas mulheres, algum professor avulso, mais o Vigário da Vila de São Vicente e eventuais militares em trânsito. Destacava-se, pelo volume e pela riqueza, aquele Paracleto Mendes, o Gordo, que muitos diziam ter estância maior que a do anfitrião, fato que desesperadamente procurava ocultar para não ser incomodado pela chusma de sobrinhos ávidos; de música nada entendia, mas sempre considerou uma fidalguia participar das tocatas. Gozava da estima do Major, possuía casas arrendadas em Alegrete e considerava um belo desperdício manter uma orquestra. Os empregados e escravos, admitidos com generosidade a essa celebração da arte, espalhavam-se sobre pelegos e enxergões, e os moleques equilibravam-se nos galhos das árvores vizinhas, balançando as pernas. Se destinava à família os lugares secundários, para si Antônio Eleutério reservava uma confortável poltrona de vime, bem ao centro da fila dianteira. Quem chegasse de improviso e lhe fosse apresentado, pensaria estar ante um açougueiro: retaco, a pele crestada indicando uma vida outrora rude, cabelos aparados rentes ao crânio e bigodões de muçulmano, ocupava um espaço bem maior do que exigia sua figura – o Vigário, sentado entre ele e Paracleto Mendes, com a batina grudada ao corpo sem carnes, era apenas um negro e colossal inseto. A aparência tosca do Major transformava-se aos primeiros acordes da orquestra: o rosto abria-se num sorriso quase feminil, e o indicador girava no ar, tentando perseguir o compasso. Ninguém ousava perturbá-lo nessa hora, mesmo porque atentavam para o Maestro, um mulato-claro corpulento demais para a função e com o rosto picado de antigas varíolas, cujo dom era saber os desejos do Major: se na assistência predominavam os oficiais, executava anacrônicas marchas do tempo da Colônia, que os faziam rir; se as mulheres estavam em maioria, era a vez das gentilezas clássicas, das gavotas e minuetos. Também havia um tempo para as velhas peças de coro de igreja, adaptadas aos poucos recursos instrumentais. Depois de tocarem por uma hora, os músicos descansavam, e as criadas traziam mate, refrescos, doces de leite, de laranja, licores, e, em bandejas de prata, as translúcidas "uvas do fantasma", as delícias do Vigário e prenhes de histórias: provinham de uma videira selvagem que medrava junto a um arroio e a uma tapera antiquíssima, no fundo de um boqueirão da estância; plantada no século anterior por alguém ignoto, era a distinção do estancieiro, com seu luxo de fantasia. Colher as uvas significava trabalho para escravos com suficiente audácia para adentrar naquelas dobras escuras do campo. Voltavam depois de quatro horas, lanhados pelos maricás, contando os uivos apavorantes do fantasma que habitava a tapera; por esse arrojo, sempre recebiam alguma recompensa. O Vigário, que harmonizava sua fé irracional com a ciência – trazia sempre um termômetro, com o qual media a temperatura do ar – achava graça, dizendo que a lenda dava sabor às uvas. Retomando seus lugares, os convidados então escutavam o Maestro tocar seu bandolim veneziano com um laço de fita vermelha atado ao cabo, e ouvia-se sua voz abaritonada, de inflexões tristes, cantando ternas elegias; amável, atendia os pedidos das damas, brindando-as com os temas da moda:

Cuidados, tristes cuidados,
voai, ó tesouros, a consolar o meu amor...

Às vezes repenicava um lundu faceiro da Bahia:

Essa camisa de cassa,
tão fina, alva, rendada
cobre-te o seio moreno.
É como o jambo cheiroso
que pende ao galho frondoso
coberto pelo sereno.

Olhavam preocupados para o Vigário, mas esse não parecia incomodar-se com a malícia dos versos, e até sorria com a benevolência de um santo para quem as exigências da carne já pertenciam ao rol das coisas esquecidas. Ao cair da tarde, o Maestro largava o bandolim e reassumia a orquestra. Como a luminosidade já era pouca para lerem as partituras, os instrumentistas tocavam de ouvido danças frívolas, momento em que o Major chamava os convidados para a sala grande da casa, e, com as melodias entrando pelas janelas abertas, iniciava o baile. Ignorando-se seu aspecto físico, seria possível imaginar – e errar – que Antônio Eleutério dedicava paixão antiga pela música, protegido pelos vagares que lhe davam a imensidão dos bens. Mas nem sempre fora rico. Sua história era conhecida de todos: construíra fortuna aproveitando a sorte e armando situações irreversíveis para seus devedores. Houve, é claro, a cornucópia do contrabando de gado, seu meio de vida por duas décadas, e que espantosamente lhe deu o posto de Major Honorário da Guarda Nacional; durante a revolução dos farroupilhas ampliou os haveres vendendo para ambos os lados em luta; ao término do conflito, quis voltar à antiga ocupação, mas com o fechamento das fronteiras, recolheu-se amuado à estância, e, para distrair-se, reformou-a até o ponto de aborrecer-se, dedicou-se ao aumento do gado, à implantação da charqueada, e, enfim, porque começava a envelhecer, à amizade dos padres: recompôs a capela da estância, uma construção pesada, ao lado direito da casa e que por milagre ainda resistia ao vento Minuano: pôs lajes de grés no piso, reergueu a pequena torre e trocou o sino rachado por um outro, de bronze lustroso. O Vigário da Vila de São Vicente, situada a légua e meia, passou a visitá-lo em sábados incertos, para regularizar a situação matrimonial dos escravos e peões, batizar os pagãos e consolar as viúvas. Ficava de pouso, e no dia seguinte, após a missa na capela, ia com o Major até a charqueada à beira do rio, entregue à administração de Eugênio, o filho mais velho da casa. Os vizinhos estranhavam aquela indústria incomum, mais própria de Pelotas, e o Vigário queria ir até lá dizendo que gostava de avaliar as "possibilidades econômicas do estabelecimento", mas, na verdade, parava-se muito sonhador a ver o sangue dos bois navegando sobre águas do Santa Maria, depois de escoar-se pela calha do enorme tanque de alvenaria construído a céu aberto: era o material aproveitado para a farinha de sangue, a grande novidade da época. – "Bárbaro..." – dizia a Antônio Eleutério. Mas ia até o tanque, para ver o grosso líquido onde agonizavam moscas. – "Bárbaro, isso tudo". – "Sem falar na chuva de sangue..." – E calavam-se, lembrados daquele inesquecível pé de vento, que, num dia de tempestade, erguera algo daquele sangue, retivera-o girando no ar num desespero de fim de mundo e largando-se depois sobre a casa da estância. As telhas ainda ostentavam manchas tétricas. O Vigário, como amador científico, tinha sua teoria para o episódio, e com ela fugia das interpretações metafísicas: dadas certas condições favoráveis, como umidade do ar e pressão atmosférica, ocorria uma tormenta, que por sua vez provocava o surgimento de uma *tromba*, que era o ar girando com violência sobre seu eixo; agindo como uma poderosa sucção, a tromba bem poderia erguer água, ou como no caso, sangue; ao se desfazer, despejava seu conteúdo em qualquer lugar. Um fenômeno de rara ocorrência, embora explicável. – "Vamos embora" – dizia, contendo a náusea frente ao tanque. Mas sempre pedia para voltar.

O Major descobrira o gosto pueril pela música ao escutar dois índios descendentes das antigas Missões, que por ali arribaram meio mortos de fome; por esses milagres da persistência popular dos ensinamentos jesuíticos, um deles tocava rabeca, e o outro, guitarra espanhola. De início Antônio Eleutério desconfiou daquelas fisionomias de traição e morte; quanto à música, tinha conceito pior: era divertimento de borrachos e putas. Mas quando os acordes de um delicado *adagio* encheram as paredes da sala, estabelecendo um clima patético de igreja e incenso, ele se enterneceu até os olhos se encherem de água. Confuso, perguntou aos índios como é que podiam tocar algo assim maravilhoso. Eles explicaram, mostrando uns papéis com notas musicais, disseram que tudo estava escrito ali. O Major olhou para as cagadelas de mosca e colocou-os à prova: apontou com o dedo grosso para um lugar qualquer da partitura e ordenou-lhes que tocassem. Tocaram. Apontou outro, tocaram. Tentando pegá-los em mentira, voltou a mostrar o primeiro ponto, e eles tocaram a primeira música. Logo o Major estava mudo de admiração, e decidido a tê-los para si. Contrariando a esposa, ofereceu-lhes morada e salário; mas para disfarçar essa fraqueza, estabeleceu, austero, que não iria pagá-los só para ficarem se refestelando com essas frescuras de música, e que deveriam trabalhar junto com os peões. Os índios aceitaram, beijaram-lhe as mãos e, na cozinha, forraram os estômagos de charque com canjica. Em uma semana já se misturavam às lidas da estância – por ordem do patrão, nos serviços mais leves, como buscar água da cacimba, o que era o mesmo que nada –, mas ao serem chamados depois do jantar, adquiriam notoriedade: eram admitidos à sala, afinavam seus instrumentos, punham-se junto à mesa e tocavam compungidas peças de missa. O Major palitava os dentes, arrotando de contentamento: – "Tem muita filosofia, nessas músicas".

O Vigário, ao ouvi-los, disse que pareciam anjos.

Alvoroçados pela notícia, começaram a chegar à estância outros tocadores, destroços da arte vindos das procedências mais diversas, e que eram asilados nos galpões. Em pouco tempo eram muitos, sem distinção de mestria: havia desde um razoável executante de tuba até os que mal arranhavam os arcos nas cordas. Os dois índios, ou por serem hostilizados pelos recém-vindos, ou ainda pela vocação nômade, desapareceram sem rastro. Os restantes passaram a viver no paraíso, tomando banho no Santa Maria e enchendo as tardes com bebedeiras e trechos soltos de músicas, e não se entendiam para uma tocata em conjunto. Irritado, o Major disse ao Vigário que sua estância não era lugar de vagabundos e que iria mandá-los à larga. O religioso pensou um pouco e pediu-lhe que aguardasse, talvez ele tivesse uma solução para o caso.

Assim, numa calorenta manhã de janeiro o Maestro apeava de uma charrete à frente da estância, trazendo um baú de partituras, o bandolim e uma pequena mala com um penico de estanho amarrado à alça; tirou o chapéu a Antônio Eleutério, disse o nome e estendeu um envelope lacradíssimo com o selo das iniciais do Vigário. Na carta, o religioso afirmava que o portador era um excelente músico a serviço da igreja da Vila, mas que infelizmente não podia ser mantido em serviço devido a algumas peleias que protagonizara, e, também, a certos vícios: se o Major não se importasse com falatórios e o mantivesse longe das donzelas, ele poderia ser útil para disciplinar os músicos e organizar uma orquestra. Antônio Eleutério abismou-se com a palavra *orquestra*, ouviu o que o homem tinha a lhe dizer, fez duas ou três perguntas sem sentido, e, deixando de lado os argumentos de D. Brígida, contratou-o. Destinou-lhe o quarto de hóspedes, esse cômodo invariável nas casas de estância, situado na esquina direita, sem comunicação com o interior – para resguardar mais a família do que o hóspede –, porta autônoma à frente e uma janela para o lado. Depois de sacralizá-lo em sua função, o que fez mostrando as conveniências da cama de ferro, da pequena mesa de pinho e das utilidades para a higiene, ordenou-lhe duas coisas, e mostrava dois dedos abertos: severidade e virtude. A primeira para botar nos eixos aquela malta de degenerados, e a segunda para preservar a pele. Entendera bem? – "Major" – disse o Maestro, que se armou de dignidade –, "o senhor não terá motivo de queixas".

Como ninguém naquela casa frequentava a Vila de São Vicente e muito menos sua igreja e portanto não conhecia o Maestro, o Vigário teve de explicar depois: o recém-chegado não era baiano como o Major pensara de início, mas sim de Minas Gerais, da velha tradição de Vila Rica, com estudos musicais sólidos com os bons sacerdotes. Já o bandolim, o seu fraco, aprendera-o – e o Vigário baixava a voz – "num lupanar", decidindo-se a isso depois de ser desafiado pela dona, que o chamou de papa-hóstias em meio a uma briga de garrafadas. Depois, chegara a tocar rabeca na orquestra da igreja Matriz de Nossa Senhora da Conceição, mas seus ordenados eram tão miseráveis que resolvera incorporar-se no 5º Regimento de Dragões como mestre de música, mas sem gosto pelos horários e pelas inclemências. Viera em campanha para o Rio Grande e aqui acabara aprisionado com toda sua banda, no lance mais ridículo de toda a Revolução. Como os artistas são seres inofensivos, fora posto em liberdade. Recusando a tarefa de assumir a fanfarra de um regimento rebelde, oferecera-se ao Vigário de São Vicente, que o tomara como praticante de seu estropiado harmônio de foles. Ali servira por três anos, mostrando que aprendera magnificamente seu ofício: consertara o instrumento e, depois de um mês, nele tocava como Davi. Compunha de sua cabeça algumas peças de igreja, e, certa vez, provocado por um sacerdote em visita, improvisara ágeis e infindáveis variações sobre o *Pezinho*. O Vigário, além de seu pendor pela ciência, julgava-se ele próprio um amador de música: estudara flauta transversa no Seminário, conhecia a orquestra da Capela da Corte, assistira em Porto Alegre às missas do Maestro Mendanha, e, no Teatro Sete de Abril, em Pelotas, acompanhara algumas óperas bíblicas com a partitura na mão. Nas noites de insônia, praticava no renascido harmônio, apavorando a Vila com seus acordes sobrenaturais. Assim, tinha suficiente competência para assegurar que o homem possuía talento superior, e era, talvez, o melhor músico da Província e um dos melhores do Império. Mas tudo tem um lado ruim: o Maestro fora vencido pela indolência, pela luxúria ou pela vaidade: como as marcas da varíola não lhe desfeavam o rosto, acabara por seduzir uma criada de família, e armava-se escândalo grosso. O Vigário, acuado pelos seus fregueses, dolorosamente hesitava em despachar o seu harmonista. Foi portanto unir o útil ao agradável mandá-lo para a estância; bem que o Maestro estranhara ao ouvir a proposta, dizendo que não se imaginava enterrado num fim de mundo, mas ante o argumento real de que estava sem outra alternativa a não ser ir embora e reincorporar-se ao exército, acabara por aceitar.

E assim entrou em serviço na estância. Resolveram esquecer seu nome, e, por sugestão do Vigário, passaram a chamá-lo de *Maestro,* uma palavra italiana que queria dizer o mesmo que *Mestre.* Quanto aos músicos inúteis e bêbados, ele os despachou – o que não aconteceu sem impropérios e juras de vingança por parte dos enxotados. Em pouco tempo formou um grupamento adelgaçado, composto por duas rabecas, uma viola, uma corneta, um trombone de varas, um tambor e uma tuba. Mas ainda precisava de outros, para que aquilo pudesse levar o nome de orquestra. E deu início a estudos que abalavam os peões e faziam os cachorros ganirem de melancolia. Antônio Eleutério andava inquieto com aquela algaravia de loucos, e à tarde, tomando mate no terreiro, dirigia o olhar para o galpão: – "Estão treinando..." – murmurava.

Mais desconfiado ficava ao ouvir, no meio da noite, o som do bandolim que vinha do quarto dos hóspedes. D. Brígida de Fontes remexia-se na cama: – "É para isso que você está pagando esse macaco?"

Quando ele pediu para ensaiar na capela, alegando que em Minas as orquestras tocavam em igrejas, o Major concordou, mas deu-lhe um mês de prazo para que fizesse tocar alguma coisa bonita, "como os guaranis". – "Não será preciso tanto tempo, Major". O Vigário, na primeira visita após esse fato, foi inteirado por Antônio Eleutério de que a orquestra não progredia. – "É preciso ter calma" –, ponderou o religioso – "mande chamar o Maestro". Ele veio, e, submisso, beijou a mão de seu ex-protetor, perguntando-lhe como ia passando. – "Bem. Mas ficaria melhor se a orquestra tocasse. Afinal, você está aqui para isso". – "Não é fácil, com esses músicos. Mas vou conseguir, esteja certo". – "Quero ouvi-los amanhã. Agora pode ir" – disse o Vigário. E, ao ver que a criada entrava com uma bandeja cheia de suas "uvas do fantasma", saudou-as com palmas e dedicou-se a comê-las com um método alegre. No momento em que lavava as mãos, manifestou um desejo antigo: queria conhecer o lugar afamado onde crescia a videira. O Major disse que nem poderiam pensar no assunto, era num boqueirão asqueroso, dificílimo de chegar. Ele estivera lá apenas uma vez, havia uns dez anos, e viera todo estropiado. Aquilo, só os negros conseguiam. Mas o outro insistia: era preciso verificar as condições científicas do local, que talvez justificassem o prodígio daquelas uvas; e quem sabe fosse possível fazer vinho com elas, era uma pena deixar perder-se a maior parte. E mais: um digno vinho de missa, um vinho capaz de abençoar e lançar uma indulgência perpétua sobre a estância. Nenhum católico fervoroso poderia negar esse favor à Igreja. O vinho era santo, estava nos Salmos: *o vinho quae laetificat cor hominis, que alegra o coração do homem.* Impressionado, mas não convencido, Antônio Eleutério acabou por concordar – todavia, não se responsabilizava pelo que acontecesse. – "Iremos com a proteção de Deus, Major". D. Brígida, ao saber disso, pôs as mãos na cintura: – "Esses dois caducos vão, mas não voltam". Na madrugada seguinte, Antônio Eleutério mandou encilhar os cavalos mais mansos e ordenou que três escravos conhecedores do terreno os guiassem. Saíram aos primeiros raios de sol, tomando rumo para os fundos da estância. Passaram pelas invernadas, abrindo e fechando porteiras, cruzando campos cheios de luz; aos poucos, entretanto, a paisagem se transformava em dobras alcantiladas e pedregosas, crivadas de maricás, que os cavalos venciam com dificuldade. Por algum desígnio confuso, o céu se ensombrecia. O Vigário tomou o termômetro do bolso, ergueu-o entre os dedos queimados de cigarro, observou a coluna de mercúrio, molhou o grafite do lápis com a ponta da língua e anotou em sua caderneta: *Dois graus Celsius mais baixo.* – "Estranho, não é mesmo, Major?" – "Isso aqui é lugar mui triste". Os escravos iam desbastando os maricás com facões, alargando a trilha por onde passavam em fila. Assim foram por mais de duas horas. Deram-se num baixio, plano como uma bacia, cercada por pedras enormes e onde havia um cacto gigantesco, que lembrava um animal monstruoso. Tudo ali tinha o aspecto de fim de mundo, e corria um vento frio que os obrigava a segurarem os chapéus. No alto, voavam almas-de-gato, lançando ao ar seus gritos de socorro. Seguiram. Atingindo uma proeminência, os escravos indicaram à frente uma canhada de vegetação tortuosa, apertada entre dois escuros paredões de rocha: – "É lá o lugar do fantasma". O Vigário agitou-se, e, instigando a montaria, quase perdia o equilíbrio, e foi preciso que um escravo viesse segurar o freio do cavalo e recomendar-lhe cautela. Desceram a passo miúdo e deram-se na base do boqueirão. Entre as árvores, avistaram o arroio, de águas cor de chumbo. Avançaram com muita cautela até o ponto em que os cavalos não queriam mais seguir. Apearam. O Vigário, sempre prático, arrepanhou as abas da batina em volta da cintura e acompanhava como um jovem a caminhada dos escravos. Já o Major exclamava-se: não estava lembrado de tantas dificuldades. – "Eu era mais moço quando vim aqui..." – "E talvez mais magro" – divertiu-se o Vigário, afastando um galho. Estacaram: estavam numa clareira, de onde podiam ver como o arroio se alargava entre os paredões, formando uma pequena ilha ao centro da torrente. Ali a tapera conhecida pelos relatos: uma casinhola de tijolos podres, mal coberta de capim santa-fé, mas onde a porta mantinha-se no lugar, oscilando ao vento nas dobradiças de couro. Enroscando-se sobre a armação do telhado num abraço de morte, a videira engolia o que restava. O Vigário puxou mais uma vez o termômetro: – "Menos quatro graus". – E olhou para cima: – "Nuvens inexplicáveis... baixas, pesadas". O silêncio era total, e os homens mal continham a respiração. O Vigário anotou na caderneta: *O Caos primitivo do Gênese. Ou o Juízo Final.* Os escravos indicaram o melhor lugar para vadearem o arroio, e o atravessaram com água pelos joelhos. – "Quem construiu essa tapera, Major?" – "Lá sei eu? Pode ter sido um antepassado. Em todo caso, alguém muito lunático, porque isso nem serve de posto para a estância". O Vigário ocupava-se em observar a videira, ainda com muitos cachos. Colheu um deles, lavou-o no arroio e levou uma baga à boca, provando-a de olhos fechados. – "Ainda são melhores recém-colhidas. Nunca foi podada, pois não? Melhor assim. Fica como Deus a fez. Os homens é que atrapalham tudo". – Avaliou a extensão dos baraços: – "Terá o suficiente para uma boa pipa. E o grau de doçura me parece o ideal. Pena que isso já não seja possível nesta safra. Mas no próximo ano..." – "Quem sabe" – disse o Major, e pediu para voltarem. O Vigário desejou ainda entrar na tapera. Ao afastar a porta, recuou por instinto, num frêmito espavorido: aranhas do tamanho de um punho correram pelas paredes negras de fuligem. Mesmo assim entrou, tropeçando no catre empoeirado que ocupava metade do único aposento. Presas nas ripas do teto, imóveis como morcegos, pendiam velhas espigas de milho. Junto à janela de postigos, sobre a chapa enferrujada de um fogão, havia uma panela cheia de terra até as bordas, e de onde emergia um pé de manjerona do campo, inclinado à busca da pouca luz. –

"Bárbaro". Ao sair, limpando as teias grudadas nos ombros, o Vigário estava lívido. O tempo se transtornava, e uma garoa gélida começou a cair. – "E dizer que há pouco estávamos no verão, Major. Coisas estranhas acontecem por aqui". Enquanto os escravos colhiam os cachos, depositando-os em cestos, o Vigário anotou: *Nosso Senhor continua agindo, independente da vontade dos homens.* Depois perguntou, bem alto, para ser ouvido pelos escravos: – "E o fantasma, que não se dignou a aparecer?" Os escravos disseram que não mentiam, muitas vezes tinham ouvido os uivos da alma penada. Era um grito igual ao de um cachorro louco, e que reboava nos paredões, fazendo um eco pavoroso, era verdade. O Vigário deu uma risada: – "Não apareceu porque tem medo de batina". – De repente, ficou com as orelhas em pé e ergueu o indicador: – "Ouça, Major". Inacreditável, mas se escutavam, por ondas de ar, alguns acordes sumidos da orquestra. – "No campo acontecem essas coisas" – respondeu Antônio Eleutério –, "ouve-se longe, muito longe, às vezes". – "Assim é. Poderes do Criador". Aguardaram que os cestos fossem cheios e antes de montarem, o Vigário ainda lançou uma bênção sobre a tapera e a videira: – "E fiquem em paz". Vieram de marcha batida, chegando à estância pelo meio da tarde novamente plena de sol. Esperava-os um assado de ovelha. Depois de se lavarem, comeram e foram à capela, para assistirem ao trabalho do Maestro. Ali estava ele, empunhando a régua, frente aos músicos, exasperado com um corneteiro. Assim que avistou o Vigário e o Major, veio cumprimentá-los. – "Siga o ensaio. Vamos escutar" – disse-lhe Antônio Eleutério. O Maestro voltou para seu lugar, mandando que os instrumentistas retomassem a música no ponto em que haviam parado. E foi tal a demência sonora que o Vigário não escondia o desapontamento. Mas de repente teve uma consideração: – "Sabe o que isso me lembra, Major? Lembra-me a tapera que vimos hoje. Tudo como no início dos Tempos. Mas daí surgirá a Ordem. Ou a Música". – E sugeriu que a orquestra se chamasse, daí por diante, de *Lira Santa Cecília*, em homenagem à padroeira da música, o que foi aceito com entusiasmo pelo Major.

Foi uma tarde inesquecível, aquela em que Antônio Eleutério, ao voltar do campo, recebeu convite do Maestro para ir à capela; estava ensaiando uma música da qual ele iria gostar muito, "um *andante* de sinfonia". O Major alegrou-se, mandou vir sua poltrona de vime e uma jarra de refresco, enrolou um cigarro e sentou-se. A um sinal do Maestro, os músicos deram início, e aquele som harmonioso, refletido pelo teto apainelado, foi como se o céu se abrisse e a voz de Deus falasse nos ouvidos. Agora sim, aquilo lembrava a música dos índios. Tocaram bem até a metade, mas pouco a pouco perdiam-se, reencontravam-se compassos além, para se perderem de novo, realizando o milagre de chegarem juntos ao final. – "Coisa mui linda, Maestro, esse tal *andante*" – disse o Major –, "você pode me pedir o que precisar". Ao levantar-se, mal continha um tremor de emoção. Mas havia muito a ser providenciado, desde estantes – tocavam com as partituras apoiadas em cadeiras – até a contratação de alguns reforços. Antônio Eleutério não se intimidou, encomendando as estantes a um marceneiro de Rosário e autorizando o Maestro a ir a Porto Alegre, ver o que arranjava por lá; o homem partiu, retornando um mês mais tarde, trazendo consigo várias folhas com vazias pautas de música, uma casaca negra, alguns rabequistas – entre estes um tipo estranho, de rabicho atado à moda antiga, a que chamava de *Rossini* – e um tocador de flauta, que se juntaram ao que já havia. – "Agora sim, tenho o que preciso" – ele disse ao Major. Quanto a D. Brígida, jamais imaginou que a mania fizesse Antônio Eleutério desbaratar fortuna. Certa vez ela acordou de um pesadelo em que ficavam pobres, e estava sem ânimo até para o ritual diário de raspar a barba de seu tormento, andando pela casa com lenço branco que ocultava a metade do rosto – e foi assim, parecendo um revolucionário ferido, que chegou ao terreiro e viu o marido na rede, coçando a barriga, entregue à música. Foi tomada por uma ira de matizes religiosos: – "Isso pode até ser pecado". Passadas as primeiras semanas, e seguro de sua condição junto ao Major, o Maestro deu vazão a seus vícios. Numa noite, uma das cozinheiras entrou em seu quarto, saindo apenas ao amanhecer. Todos ficaram sabendo, mas como era uma cozinheira, e mulher livre, o assunto não chegou a manchar a moralidade da estância, mas o Major foi obrigado a mandá-la embora. Ao Maestro, disse apenas: – "Já provou que é macho. Mas foi a primeira e última vez. Agora trate de comportar-se, que aqui não se admite bandalheira". Não falava sem precedentes: três anos antes obrigara o filho mais velho a casar-se depois de saber que fizera mal a uma rapariga da redondeza: casou-o, e após a cerimônia, abatera-o à força de relho na frente da capela. – "E mais não mereces" – dissera. – "Se fosses mulher, eu te matava". O Maestro acatou o conselho e aparentou vida sóbria daí por diante, desafogando energia em ensaios brutais que iniciavam após a sesta e terminavam quando não havia mais luz. Já com as partituras arranjadas, e prevendo alguma ocasião de festa solene, revelou ao Major que ensaiava a parte orquestral de um *Te Deum*, imaginando obter alguns cantores mais tarde. Possuía uma bela voz, e Rossini também cantava, no registro de tenorino: com boa vontade, poderia encarregá-lo da parte do soprano. Nos intervalos abandonava seus projetos grandiosos e dedicava-se a coisas mais amenas, como serenatas napolitanas – e a Lira Santa Cecília brilhava. D. Brígida de Fontes, com a sucessão dos ensaios, caminhava de um lado a outro da casa, apertando os ouvidos. Sempre lamentava não ser homem para tomar as mil atitudes que achava corretas, resignando-se aos outros domínios: nada lhe escapava à vista e à língua. E como não tinha nenhuma espécie de pudor, dizia: – "Vamos enlouquecer com essa merda de musicórios". O Major não se dava por entendido: provinda de uma família de bandidos do Caverá, cuja fama construíra-se sobre lendas de assassinatos, a mulher tivera a seu cargo a administração da estância quando o marido se ausentara para impingir seus negócios de gado às facções em luta; isso afetara a composição dos humores de D. Brígida, e o Major havia encontrado a esposa transformada num ser de temperamento desabrido, e disposta a não abdicar de sua proeminência na casa. Como ele entrava na idade em que um homem descobre que é melhor suportar uma esposa difícil do que entediar-se com discórdias, não se importou. E assim viviam. Mas nos almoços em que reunia a família, para os quais convocava o filho casado e sua mulher silenciosa, D. Brígida escolhia o pior vocabulário para criticar a mania do esposo, que, além de tudo, pusera o *macaco*, um desconhecido, a morar junto com a família. Os filhos comiam, observando a atitude alheia do pai.

O Vigário sorriu, ao saber do deslize moral do Maestro com a cozinheira: – "Houve o pecado, houve a punição. Deixemos o resto com Deus e Sua infinita misericórdia". Assistiram a um ensaio inteiro. Depois de escutar em êxtase o "*andante* de sinfonia", o Vigário estava feliz, e ainda mais ficou ao ser informado pelo Maestro que ele estava preparando o *Te Deum*; não só o aprovava – pois o Senhor nunca seria por demais louvado em sua glória –, como sugeriu outras peças para enobrecer ainda mais o repertório. – "Não disse, Major? O homem toma rumo. E do Caos fez-se a Música. Agora, é preciso que a gente toda de São Vicente venha conhecer essa maravilha. Que acha disso?" – "É de pensar, é de pensar..." – disse o Major, já mordido pela ideia –, "mas o pessoal da Vila não terá reservas com o Maestro, depois de todas as estripulias?" – "Perdoarão, ao escutarem a Lira". Assim, certo dia Antônio Eleutério revelou à família seu plano de uma apresentação da orquestra na próxima Páscoa, e convidaria os vizinhos, o Vigário e os maiorais da Vila: – "E quero vocês todos bem-compostos. A Brígida e a Clara Vitória, se quiserem, podem encomendar vestidos novos".

Então, o primeiro concerto foi na Páscoa. O Vigário trouxera de fato os notáveis de São Vicente e suas famílias, na intenção secreta de mostrar-lhes como o ex-harmonista se regenerava. O Major convidara os estancieiros mais próximos, e assim a capela encheu-se de cadeiras, e foi preciso que as crianças ficassem pelo chão, junto com os cachorros. O Maestro ostentava a casaca nova, e, ao entrar pelo corredor central, com as músicas debaixo do braço, caminhando para sua orquestra como para oficiar uma missa, todos se compenetraram: jamais haviam visto algo semelhante. Os notáveis que, de fato, ainda abominavam o Maestro, agora intrigavam-se com aquela dignidade. – "Ele deu vida a esta capela" – disse o Major ao Vigário, que concordou com um movimento de cabeça e pôs o indicador frente aos lábios: o Maestro, já de costas para os convidados, esperava que cessassem as tossidelas e os murmúrios; depois, ergueu as mãos num gesto elegante e decidido, e os instrumentistas perfilaram-se nas pontas das cadeiras. Ficou assim, imóvel, por um momento; depois, muito lentamente, acariciando o ar, baixou os braços – e as rabecas deram início a um *andante cantabile* mal audível, lascivo, complicado por *appogiaturas* que se enredavam nas notas. Na plateia, ninguém se animava a um só movimento. A melodia cresceu, ganhou inesperada rapidez, e logo um festivo *allegro* retumbava pela capela, num estrépito de tambores e cornetas. O Maestro luzia de suor, transfigurando-se pelo fogo de seus movimentos, que varriam o espaço acima das cabeças; seu colarinho saía para fora da gola, e surgiram os punhos da camisa. E a música foi-se desdobrando em ondas, ganhando matizes delicados, para logo ressurgir com mais força, avançando ao limite do suportável. Em poucos minutos atingiu um paroxismo sonoro que fazia vibrarem os vidros das janelas. Quando os ouvintes já se entreolhavam em desespero, tudo acabou num triunfante e ensurdecedor acorde de toda a orquestra. No silêncio imediato, seguiu-se o grito do Major: – "*A la fresca!*". A audição continuou, agora com obras ligeiras, onde se percebia sua anterior destinação à banda. Aí sim, os ouvintes sentiram-se mais à vontade, e os homens autorizavam-se a marcar os compassos, batendo com os pés na laje do piso. O Maestro pretendeu agradar os brios gaúchos e atacou o hino da República Rio-Grandense, o que fez com que os convidados, ao comando do Major, se levantassem para ouvir a música do Mendanha. Nem todos aplaudiram, porque ainda se envergonhavam do desastrado capítulo da Revolução. Para encerrar a tocata, o Maestro tomou o bandolim e tocou as variações da *Retirada de Madrid*, cheia de dificuldades, e seus dedos pareciam palpitações de uma borboleta. No fim, quando o Vigário veio falar-lhe, ele disse, limpando a testa: – "Não fosse o senhor, eu não estava aqui". E o Vigário percebeu que dissera bem alto, para que os homens de São Vicente o ouvissem. Era sua forma de estabelecer uma vingança tardia, mas cabal. Como era desconhecido o hábito dos cumprimentos aos instrumentistas, a assistência, tocada por uma formidável tormenta de fim de verão, retirou-se às pressas para a comezaina armada na grande sala da estância.

Já no dia seguinte reiniciavam os ensaios, e, em um mês, estava tudo pronto para a festa comemorativa do batizado do segundo neto do Major. Compusera para a ocasião algumas valsas e alguns motetes pastorais que despertaram a ternura dos ouvintes. A partir dessa época, todos na casa, e ainda pelos campos do Rio Grande, passaram a considerar como para sempre a Lira Santa Cecília. Os da estância viam o Major entrar em silêncio na capela durante os ensaios, e sentar-se ao fundo, embevecido, fumando o cigarrão de palha. Dizia que era "para espairecer" depois do trabalho do campo. Nos dias de bom tempo, mandava armar a rede no terreiro, entre duas guajuviras, e ali ficava balançando-se, escutando a música que perpassava pelas ramagens das árvores. Agora Antônio Eleutério gastava sem medida para ter, não apenas a melhor orquestra da Província, mas a melhor composta. Como os músicos vestiam-se ao sabor de suas preferências ordinárias, ele chamou um alfaiate de Rosário e determinou-lhe que fizesse casacas iguais para todos eles, não esquecendo de pôr alguns galões dourados nos ombros. O grande momento da Lira veio no fim do inverno: o Bispo de Porto Alegre pediu-a para engrandecer a novena anual na igreja de São Francisco, em Rio Pardo, a de tantas ladeiras. O Major comandou em pessoa a façanha de levá-la em carroças e charretes, chegando à cidade depois de vários dias de viagem, e deslumbrou Rio Pardo e D. Feliciano Rodrigues Prates, que viera a propósito de Porto Alegre para dirigir a cerimônia. O prelado, desvestindo a capa episcopal, exagerou aos mais próximos que só se lembrava de haver ouvido na Capela Imperial do Rio de Janeiro uma orquestra assim afinada e bem trajada, e admirava-se que pertencesse a uma só pessoa. Mandou chamar o Maestro e fez-lhe muitas perguntas sobre as músicas, e como tinha conseguido formar aquela orquestra com meios tão pobres. Via-se que ficara fascinado, e o encontro durou mais de meia hora. Em conversa com o Major, insinuou que teria muito gosto em que a Lira Santa Cecília pudesse instalar-se em Porto Alegre, para ajudar o Mestre Mendanha a ornamentar os ofícios religiosos. – "Com todo respeito" – respondeu Antônio Eleutério com um sorriso –, "quem a criou que a guarde. De resto, ela está sempre às ordens de Vossa Excelência". A volta foi mais demorada, pois as vilas perdidas, por onde passavam, insistiam em ouvir a famosa Lira. O Major não as decepcionava, propiciando concertos nas praças e nas igrejas, sempre recusando os convites das Juntas de Freguesia para que ela ali ficasse. De retorno, ele aumentou o salário dos músicos, e recomeçavam os ensaios e os concertos na estância. Os domingos eram os dias especiais, e sempre havia o que comemorar: novos batizados, casamentos de peões e aniversários da família. Nos primórdios do verão seguinte, as tocatas passaram a realizar-se ao ar livre, sob o umbu, o que fez com que o Vigário, um leitor de Virgílio, lembrado de uma antiga água-forte de um pintor italiano, as chamasse de concertos campestres. Sob seu pedido, a Lira apresentou-se na igreja de São Vicente, num triunfo de foguetes.

A récita mais perturbadora aconteceu nos funerais do Barão de Três Arroios, vizinho e antigo amigo da casa, doente crônico desde que ficara prostrado por uma apoplexia ao sair da missa. A viúva, a única pessoa a entender os balbucios do marido, revelou a vontade *in extremis* do morto: queria a Lira Santa Cecília tocando em seu enterro. O Major não se conformava: – "Fiz essa orquestra para a vida, não para a morte". – Mas teve de ceder àquela solicitação piedosa, reforçada pelo pedido expresso do Vigário. Foi uma cerimônia impressionante, o féretro saindo da estância do Barão, rumo ao cemitério doméstico, sob os sons da Lira, a executar as peças mais dolorosas. – "Assim é até bom morrer" – disse o Major, já gostando, e convencido de que sua orquestra precisava com urgência incorporar músicas tristes ao repertório.

D. Brígida de Fontes e a filha bordavam um penoso enxoval, e já haviam aprontado uma toalha de mesa para vinte lugares, mais dois cobertores de lã e uma dúzia de lençóis. Agora dedicavam-se a terminar, em ponto de crivo, os fartos babados das fronhas. Por suas razões bem íntimas, a mãe andava inquieta além do normal. Limpou o suor da papada e disse algo que só ela entendeu: – "Haveremos de resolver isso".

Clara Vitória levantou as vistas do bastidor. Mal egressa da adolescência, já era uma dama. Seus dedos pálidos, quando levados para ajeitar um pouco a cascata dos cabelos negros, não faziam contraste com a pele do rosto, e os olhos eram tão largos e verdes que ultrapassavam a fronte, projetando ao ar pestanas abundantes e vibráteis. Os filhos dos estancieiros à volta afirmavam que morreria virgem, pois ninguém teria a audácia de macular aquela inocência angélica – e casavam-se com as outras. A ela não mais importavam esses juízos levianos, nem esses matrimônios de varejo: se havia algo de certo na vida, que a empolgava até latejarem as têmporas e doerem os ossos, fazendo com que perdesse a fome e até a palavra, era a sua paixão pelo Maestro.

2

MAS NENHUMA PAIXÃO É SURPRESA PARA suas Vítimas: como uma estância é lugar onde nada acontece, constituíra uma fábula a chegada do Maestro, com seu empoeirado baú de partituras, seu bandolim de fitas, o penico de estanho atado à mala e aquela pele escura, crivada de pontos malévolos. Clara Vitória sentira tanto asco que correra ao oratório para desculpar-se com Santo Antônio de Lisboa, o que carrega o Menino. Pouco depois, viera espiar a sala grande através de uma fresta do reposteiro: enquanto o pai lia a carta do Vigário, o homem ostentava a má-educação de sentar-se de pernas cruzadas igual a um carroceiro, o braço enganchado no espaldar da cadeira. Como ela não soubesse calcular a idade de ninguém, imaginara-o um velho de quarenta anos, embora ficasse em dúvida por causa da atitude jovial com que ele seguia a leitura. Não era do Rio Grande; em suas poucas palavras revelara-se aquele acento corrompido e cantante dos *baianos*, essa gente sem eira nem beira que viera lutar na Revolução, e cujos remanescentes ainda se embebedavam pelos bolichos, armando pendências de arma branca por qualquer motivo.

Já o Maestro, fingindo acompanhar a leitura da carta, enxergava com o canto do olho a espionagem que lhe fazia a moça da casa. Seguiu-lhe o gesto de afastar o reposteiro com a mãozinha branca, viu-a sumir para voltar depois, deslumbrou-se com o relâmpago das suas pupilas verdes e com os cabelos que tombavam sublevados sobre a fronte, para irem despejar-se nos ombros nus; achou-a instantaneamente bela, de uma carnação saudável e fortes peitos – e resolveu-se a ignorá-la de pronto: ele podia ser um bandalho e femeeiro, mas louco não era. Clara Vitória, essa, ficou escandalizada ao ouvir Antônio Eleutério aceitar o recém-chegado na casa, e ainda destinar-lhe o quarto de hóspedes, aquele aposento com estreita parede de adobe armada em taquaras, herança de um tempo rústico; porque ficava longe dos olhos do Major, essa parede fora esquecida em suas reformas de tumulto: o fato sempre permitiu que Clara Vitória, com o quarto ao lado, acompanhasse os movimentos dos que ali dormiam; certa vez, ela despertara o pai, dizendo-lhe que um homem ali se finava, ouvia os estertores; foram ver, e o homem de fato estava morto, morto e azul.

No momento em que o Maestro entrou no quarto caiado de branco e pendurou o bandolim num prego, e depois, ao dispor as partituras sobre a mesinha de pinho, lastimando o quanto se esfrangalhavam pelas contínuas viagens, achou que, enfim, encontrava uma ocupação digna do seu talento. Durante o trajeto para a estância, juntando as ideias, considerara seus trinta e poucos anos e decidira mudar de vida, agora que a ocasião se apresentava. Afinal, ser maestro de orquestra não era pouca coisa: em Minas chegava-se a esse posto lá pelos cinquenta, e ainda dependente de indicações do Bispo, que cuidava com firmeza da moralidade dos seus recomendados, afastando-os ao menor sinal de desregramento público. O emprego civil era, assim, uma bênção que o livrava, de um só golpe, do zelo da Igreja e do rigor militar. Deveria arranjar as partituras, originalmente escritas para a banda, precisaria escrever novas músicas e contentar-se com a imperícia dos praticantes que esperava encontrar, mas não lhe faltava ciência: fizera estudos intermitentes mas rígidos nas penumbras das sacristias mineiras, dominando logo o contraponto e a instrumentação à maneira antiga; ao mesmo tempo, aprendera a tocar bandolim e a pôr alma em suas composições com um velho mestre, cego e debochado, à luz dos candeeiros fumarentos do bordel da *Sapa*; mais tarde, no exército, provara sua autoridade com os soldados. O que lhe faltava? Ficou atento ao escutar algumas frases musicais que vinham de fora. Eram coisas ingênuas, de afinação duvidosa e que, em outra época, teria abominado. Mas naquele instante eram as sonoridades de uma catedral que ressoavam pelo pampa.

Logo na primeira noite, Clara Vitória escutou os ruídos da água despejada na bacia, o som do corpo jogando-se na cama, e, por fim, o ressonar pesado do Maestro. Alta madrugada, ele se levantava, e foi preciso tapar os ouvidos com o travesseiro àquilo que ela identificou como um jato bestial de urina, de início apenas um som fino contra o estanho, transformando-se aos poucos num desvario de espumas. Por mais que o travesseiro fosse espesso e ela o apertasse contra a cabeça, era como se Clara Vitória tivesse o homem ali, dentro de seu quarto. Pela manhã, ela estava com as pálpebras pesadas, e, na cozinha, disse à mãe: – "Não sei que maluquice foi essa do pai, trazendo esse aí para dentro de casa". – "Acho que você deve mudar de quarto". – "Não. Graças a Deus não se escuta nada".

O primeiro trabalho do Maestro foi avaliar a eficiência de seus comandados, o que fez com apuros de perversidade. Reuniu-os no galpão e, empunhando uma régua para indicar o compasso, sentou um por um ante a partitura de *O dia onomástico*, de Salieri, submetendo-os a uma traiçoeira execução de primeira vista. Poucos saíram ilesos, pois a maioria tocava quase "de orelha", imolando-se em lento sacrifício ao enigma das notas daquela composição pomposa e artificial. Para reconciliar os músicos com seus instrumentos, fez com que tocassem repetidas escalas uníssonas, ascendentes e descendentes, nas tonalidades mais furiosas. Não satisfeito, escreveu estudos individuais para cada um. O resultado foi indecoroso – e, arrancando-lhes os instrumentos, ele mesmo tocava, mostrando como deveriam fazer.

Passou-se mais de uma semana nesses desencontros, e de música nada se ouvia, a não ser que se considerasse como tal aqueles sons vagabundos, um soprar de cornetas, batidas ocas de tambores e lamúrias frouxas de rabecas. O pior eram as palavras berradas a todo instante, certamente o Maestro submetia os instrumentistas a torturas, e Clara Vitória fazia um nome do Padre por eles. Depois, ela acompanhou com o coração arrasado a hecatombe que o recém-chegado realizava no grupo dos músicos. – "É um malvado, mãe". D. Brígida foi reclamar ao marido que nem podiam bordar na paz de Deus, e Antônio Eleutério respondeu – e nisso repetia as palavras do Maestro – que deveriam ter paciência, era preciso que eles treinassem muito para se apresentarem. A esposa se indignava: – "Te cuida, que um dia esse macaco ainda vai cagar na nossa cabeça". Na frente das damas da estância, ele procurava fazer-se gentil, não passando por elas sem cumprimentá-las; numa tarde tirou o chapéu e dobrou-se todo numa reverência, impressionando as criadas; mas não se incomodou por ficar sem resposta, pois sabia que as senhoras eram pessoas muito custosas, e que somente o tempo poderia domá-las. D. Brígida bufou: – "Ele está assim fresco porque está escorado no seu pai". Mas Clara Vitória imaginava que seria bem divertido se pudesse responder àquela mesura, e, sozinha em seu quarto, respondeu ao Maestro com uma inclinação de polichinelo, caindo às gargalhadas na cama.

Os visitantes se espantavam. O fornecedor de azeite, após descarregar o barrilete na cozinha, perguntou à dona da casa se o Major estava variado, com toda aquela gente engraçada no galpão. – "Se quer saber" – ela respondeu –, "pergunte a ele mesmo".

Mas difíceis eram as noites: Clara Vitória, pondo-se de joelhos sobre a cama, encostava o ouvido na parede; logo experimentou o truque do copo, que, com o bocal junto ao reboco e o ouvido ao fundo, ampliava os sons: o Maestro por muito tempo ficava acordado, talvez à mesa, e depois tocava no bandolim pedaços de música que mais pareciam o rumo vadio dos pensamentos quando vão para lá e para cá, sem se fixar em nada; tocava, assim, sem necessidade alguma, só para o prazer... em que pensaria? Ouvia-o deitar-se de madrugada, e o mais detestado e esperado era o ruído cristalino do urinol. Ela buscava o travesseiro, contando o tempo que durava a porcaria. Depois ia dormir, encharcada de suor e sentindo imenso alívio pelo fim daquela depravação íntima.

O Maestro estava disposto a marcar sua presença na casa, e o fazia de modo a tornar-se indispensável a Antônio Eleutério. Quanto aos desatinos sonoros que faziam rilhar os dentes, Clara Vitória deu uma explicação: aquilo, aquela música selvagem, nada mais era do que a representação da verdadeira natureza do Maestro. Mas teve um desejo irreprimível de vê-lo trabalhar. Imaginando-se ignorada, foi até uma janela do galpão e olhou por entre os postigos: ele havia aberto um bom espaço para si e para os músicos, na única parte assoalhada, entre o quarto dos arreios e o lugar onde os peões tomavam mate. Parava-se de pé, a régua na mão, tendo os músicos à sua volta, num semicírculo. Enérgico, e porque sentiu-se observado por Clara Vitória, mandou que cada um deles tocasse em separado, e fazia-os repetir sem fim uma mesma passagem, até que os infelizes pediam para parar. – "Vocês vão tocar direito, nem que tenhamos de ficar aqui o dia inteiro". – E determinou a um rabequista de dedos nodosos que tocasse de novo uma passagem rápida, e, não satisfeito com o resultado, exasperou-se: – "Afinal, você é um músico ou um carniceiro?"

O homem, ofendido, tirou o instrumento do queixo: – "E você, quem pensa que é? O Mestre Mendanha?" O Maestro largou a régua e cruzou os braços: – "O Mendanha está lá em Porto Alegre, na Matriz. Aqui, eu sou quem vocês precisam. Se alguém não gostar disso, pode ver aquela porta pelas costas" – e apontava – "que me fará um grande favor e à arte". Obteve resultado: ante o silêncio de terror, retomou a régua e ordenou ao rabequista que repetisse a passagem. O coitado empunhou o instrumento e, no entender de Clara Vitória, tocou da mesma forma de antes. O Maestro, porém, sorriu: – "Ficou melhor. Músicos, às vezes, gostam de ser tratados como crianças. E agora vamos corrigir de novo essa afinação, cada qual está com um *Lá* diferente, não ouvem? Assim não há música que resista". – Pegou uma espécie de gaitinha do bolso e soprou uma nota. Os músicos soaram seus instrumentos, tentando imitar a nota que ouviam. O Maestro caminhava entre eles, corrigindo, "está alto demais", ou "está baixo, não escuta? acerte isso, homem". Essas súbitas variações de humor fizeram Clara Vitória pensar: "Está aí um homem duro". Mas, com o rosto inflamado: "menos para mim". E decidiu-se a hostilizá-lo. Quando a mixórdia no galpão foi particularmente atroz, ela conduziu as empregadas para o terreiro, e, num gesto inédito, comandou-as em voz alta, ordenando que areassem panelas e tachos. Transtornado pelo alarido, o Maestro chegou à porta. Estacou ao ver, ali, a menina Clara Vitória, insolente, de mãos na cintura. Ele então modulou a voz e disse, num tom jeitoso: – "Se não se importasse, poderia mandar essas mulheres para outro lugar?" A resposta foi pronta: – "O serviço não vai parar" – e ela erguia o braço – "por *sua* causa". O Maestro fitou-a: a cólera dava a Clara Vitória uma sedutora e imprevisível coloração escarlate, e os olhos, sempre tão claros, ensombreciam de raiva pueril. Ele não poderia desfazer aquela imagem tão encantadora: inclinou-se, murmurou "como queira, senhora", e voltou para o galpão, ensurdecendo a estância com um furor que durou até o entardecer. Mas à noite, afinando o bandolim no quarto de hóspedes, ainda pairava em sua cabeça a figura de Clara Vitória. No calor da raiva, tornava-se ainda mais bela a filha de Antônio Eleutério, e os belos dentes, os belos cílios, o braço irado que ela agitou no ar, tudo isso o fez imaginar. Terminou a afinação, cruzou as pernas, inspirou profundamente e em surdina começou a tocar a intrigante serenata *Più non si trovano*, de longos arpejos. Sozinho com seu bandolim, ele era completo, tendo a ocupar-se apenas com sua arte; a música, na orquestra, se ganha em vigor, volume e matizes, entretanto dependia de outros, dos instrumentistas e de suas habilidades, e era preciso harmonizá-los, num trabalho enervante e sem paradeiro. Já com seu bandolim, ele se elevava sobre a vida, e podia pôr toda sua alma na melodia, como fazia agora. Parou: ouvira Clara Vitória movimentar-se, sinal de que estava desperta. Quem sabe a menina já pensava que ele podia ter um coração? E para ela tocou, com os olhos fixos na parede, até o bandolim tombar de suas mãos sonolentas.

E houve a tarde na qual Clara Vitória saiu do banho e veio sentar-se no pequeno patamar à frente da casa, em busca do sol para secar os cabelos. E estava assim desprevenida durante mais de uma hora, gozando o silêncio macio e desembaraçando as mechas com um pente de osso, quando foi tomada por intenso prazer: adejando como uma pluma levada pela aragem, vinha da capela uma suave melodia, agora preenchida pela harmonia dos instrumentos, já a ouvira, quando? Sentiu o pulsar das veias, e um frio eletrizou as raízes dos pelos. Pensou que o muito sol a tivesse feito delirar, mas ficou escutando, o pente em suspenso na mão caída. Era algo que possuía parte com os anjos e santos, e que a fez lembrar-se de sonhos antigos, nos quais era capaz de sair voando como os pássaros. E foi até a porta da capela. Dali viu o Maestro, de costas, a cuja mágica os músicos se submetiam: a um gesto, a uma palavra, a melodia se interrompia, para recomeçar a novo gesto, para interromper de novo e seguir adiante. Não era o leviano um-dois-três da valsa, mas algo que entrava por seus poros e a incitava a oscilar o corpo para lá e para cá. Estranha coisa: impossível acreditar que aquelas sonoridades proviessem daqueles homens ordinários e daqueles tristes instrumentos de lata e madeira, e que até ontem atordoavam a casa. E a música brotava dos dedos do Maestro como se ele a tirasse do nada, e tivesse o poder de criá-la segundo sua vontade. Era isso, uma orquestra! Estava assim entorpecida, decidindo-se a entrar, quando notou o pai. Ocultou-se, envergonhada como estivesse pecando.

O Maestro, desde que viera para a capela, enxergara a menina sentada no patamar desfiando os cabelos, e passara a mostrar sua arte, mandando que os músicos executassem o *Più non si trovano*, que ele arranjara no dia anterior: o sonido etéreo das rabecas, pleno de lirismo e nostalgia, predominava sobre o leve chão da viola e do trombone de varas, este em *pianissimo*, levando ao devaneio. Depois, vendo-a surgir tímida à porta da capela, e para dizer que detinha o poder de apagar aquele momento para depois fazê-lo ressurgir à sua vontade, interrompia a música, corrigia os músicos, ordenava que reiniciassem. Vendo-a sair com pressa, entendeu que ficara tocada, e que bem cedo o compreenderia.

Clara Vitória chegou arfante à sala dos bordados. Pegou tremulamente o bastidor e disse à mãe, que a aguardava para o trabalho: – "É uma tortura, essa música". – "Chega a doer nos ouvidos". Antônio Eleutério apareceu logo depois, perguntando se elas haviam escutado aquela maravilha. D. Brígida nem encarou o marido: – "Temos mais o que fazer. E você também". Antônio Eleutério ergueu os ombros: o que ela queria? Estava velho, tinha lutado muito, agora era tempo de aproveitar a vida. Além disso, a orquestra alegrava a casa. – "E quem vai perder tempo ouvindo essas bobagens?" – "Nós, os vizinhos, ora. E toda essa gente que chega por aqui. E se não chegarem, eu convido". D. Brígida olhou para a filha, num comentário mudo: e se Antônio Eleutério começava a ficar caduco? Voltar à religião até era o normal nos velhos. Mas isso de música... – "Não confio nesse negro" – ela disse. Para

D. Brígida de Fontes, como de resto para todos os que ela conhecia, tudo que fosse além da Província era o domínio do estrangeiro e do negro. – "Negro não, mulato" – contestou o marido –, "tudo é mulato, lá para cima no Brasil". – "Pois pior, muito pior"– disse D. Brígida –, "porque aqui no Sul é como Deus fez: ou é negro, e é escravo, ou é branco, e homem livre. Mulato é uma coisa que não se entende". Clara Vitória cravou a agulha na cambraia, atraída por aquela discussão. Mulato? Sim, o cabelo meio carapinha, lambido para trás com habilidade, os lábios um pouco grossos e arrogantes, a tez perigosa. Será que fedia? E aquelas marcas no rosto, sífilis? Mas não era tão velho como ela de início julgara. No dia seguinte, ao ver que os músicos iam para o ensaio, ela apareceu no patamar. O Maestro trazia um maço de partituras, e, ao vê-la, saudou-a com um pender da cabeça e um "boa tarde". Ela não se conteve: – "É verdade que os músicos conseguem ler as músicas nesses papéis?" – "Assim como a senhora decerto sabe ler as palavras dos livros" – ele disse. – "Pois duvido". – "Quem não entende, duvida. Com licença" – e seguiu para a capela. *Ora, mas que abuso* – apertando os lábios, Clara Vitória voltou para a sala. A primeira coisa que disse à mãe foi que de fato não podiam confiar no mulato, era cheio de palavras. D. Brígida levou os óculos amendoados para a testa e premiu os olhos para escutar. Passado algum tempo, ouviram uma confusão infernal e interminável de sons. De repente, erguendo-se sobre toda aquela miscelânea, destacou-se o apito agudo do diapasão. Seguiu-se uma pausa do mundo, e depois todos os instrumentos tocaram a mesma nota. – "Sabe o que é isso, mãe? Estão afinando". – "O que é isso, *afinando*? E como você sabe, menina?" E da capela começou a projetar-se uma estranha música, morna como aquela tarde, lembrando as gotas persistentes de resina a escorrer do tronco de uma peroba: brotavam uma a uma, uniam-se e formavam um filete que descia, lento e inexorável. Clara Vitória pousou o bastidor sobre os joelhos: – "Mãe, preciso aprender a ler". – "E para quê?" – D. Brígida repunha os óculos. – "Era um gosto, mãe". – "Primeiro apronte o enxoval. Se aparece algum moço com boas intenções, você está nua". Clara Vitória não retrucou. Aquele enxoval não teria fim. Duas atulhadas arcas de cedro atravancavam o corredor, e uma terceira andava pela metade. Quanto a *algum moço com boas intenções*, esse era Silvestre Pimentel, o de belos dentes, um rapagão do tamanho daquela porta, órfão desde os onze anos, sobrinho do Barão de Três Arroios e administrador da estância do tio desde que este fora colhido pela apoplexia; muito desenvolto no comando dos peões, na presença de Clara Vitória perdia qualquer assunto, e ninguém decifrava se possuía algum interesse por ela. Viera à estância umas cinco vezes, dissera-lhe algumas coisas galantes, como "você está cada dia mais gorda", mas as visitas esvaíam-se sem a menor glória. Nas bebedeiras com os rapazes, ele confirmava a voz geral de que a moça dava medo, com aquele aspecto distinto e com aquela pele de louça, o material mais quebradiço de que ele se lembrava. Por tudo isso, preferia consolar--se na companhia das fartas peonas do campo, e com uma delas tivera um menino que atendia pelo nome de *Afilhado*, naquela altura com quatro anos. Esse fato não causava espanto a ninguém, nem a Antônio Eleutério, sempre inquieto quanto ao resultado dos seus próprios desregramentos de uma época em que ainda não descobrira os confortos da moralidade. Clara Vitória era uma virgem que sabia de tudo isso, e muito mais do que imaginavam, mas para quem Silvestre Pimentel tinha a importância de uma gravura colorida ou de um bonito cavalo. Achava-o engraçado, o primeiro passo para aniquilar qualquer possibilidade de amor. Nunca se imaginou a sério casada com ele, e, se trabalhava no enxoval, era em parte por gosto, em parte porque fazia algo que todas as primas faziam, e também porque sempre havia D. Brígida a lembrar-lhe os deveres de uma filha de gente honesta; é certo que Clara Vitória teria de pensar em casamento num futuro próximo, mas por ora entregava-se aos bordados com a lentidão dos preguiçosos, e até adquirira uma apreciável destreza com as linhas e seus novelos, o que enganava a todos.

Desde aquela tarde em que ela fora escutá-lo, o Maestro procurava uma razão para ser notado por Clara Vitória. Num pôr de sol em que a avistara à janela, foi buscar o bandolim. Houve um momento tenso, mas ele, fazendo-se de desentendido, começou a tocar o *Più non trovano*, e logo percebeu que a menina girava os olhos ariscos para ele. Bela era a tarde, e o sol desfazia-se por detrás das coxilhas. O Maestro via o perfil de Clara Vitória banhado pelo cobre do ar, jamais contemplara algo tão puro e, ao mesmo tempo, tão imóvel: mas uma imobilidade aparente, porque a linha ágil da testa descia e delineava o recorte do pequeno nariz, marcava a tumidez dos lábios, perdendo-se no brilho do colo. Sem se dar conta, ele improvisava, e o que lhe saía era uma apaixonada canção sem palavras, que ela parecia não ouvir. Para provocá-la, parou de tocar, deixando suspensa uma nota. Clara Vitória continuou a olhar ao longe, mas depois de um tempo silencioso, moveu a cabeça: a pequena boca abriu-se, ia dizer algo, os olhos verdes acenderam-se, e ele se preparou. Ficaram assim, olhando-se. Mas a menina afastou-se da janela, fechando-a numa lenta reticência.

Na ausência do Maestro, em viagem a Porto Alegre, a estância recaiu em sua languidez silenciosa: Antônio Eleutério perambulava sem tino, implicava com os músicos que voltaram a vadiar, desgostoso para fazer qualquer coisa; depois passava longos momentos dentro da capela deserta, tomando mate, o cigarro apagado entre os dedos. Era como se a sua vida, de repente, submergisse num pânico vazio e sem espírito. Era nas primícias do outono, estação que sempre deixava Clara Vitória triste, e quando o cair da tarde ocorria num sereno desespero de tons róseos. Ela entendia as melancolias do pai, porque ela vivia as suas próprias: o quarto de hóspedes, desabitado e mudo, era a afirmação do quanto já precisava daquelas noites abrasadas.

Na Capital, o Maestro foi assistir à missa de domingo na Matriz, para escutar a famosa orquestra do Mestre Mendanha. Composta por músicos vacilantes e malpagos, a orquestra tocou um *Stabat Mater* de serrar as orelhas. Depois da cerimônia, ele se apresentou a Mendanha como colega, cumprimentou-o pela execução e Mendanha, com um ar de dúvida irônica, convidou-o para improvisarem a quatro mãos no órgão, propondo-lhe um tema constituído por um lodaçal de colcheias e fusas, numa escabrosa armadura tonal de quatro bemóis. O Maestro desempenhou-se bem, percebendo logo que Mendanha, com seus dedos de velho, com sua respiração difícil, com seus braços amolecidos, já não conseguia dominar o próprio tema. Ao fim, este se entregava: – "Você é bom músico"– disse, e perguntou-lhe o que fazia no momento. Ao saber da estância e da pseudo-orquestra, riu, dizendo-lhe que era louco, nunca iria conseguir nada de útil naquelas bibocas de Cristo. O melhor era vir para Porto Alegre, onde poderia tocar na orquestra da Matriz e, quem sabe, animar as festas da Bailanta. O Maestro agradeceu os conselhos, disse que iria pensar e despediu-se. Na segunda-feira, percorreu os lugares de má vida onde havia música, agradou-se de três instrumentistas e tirou-os de seus miseráveis ofícios com promessa de salário melhor. Num café da Rua Nova achou um rabequista carioca de seus setenta anos, com uma cabeleira branca atada à antiga por um laço na nuca, e que possuía muito calejadas as polpas dos dedos da mão esquerda, indicando estudos permanentes. – "Como é seu nome?" – "André Grilo, mas o Mestre José Maurício, no Rio, me chamava de Rossini, pelo meu gosto pela ópera". Realmente, haver praticado com José Maurício, o mestre dos mestres, era uma grande referência. E por quanto tempo?... – "Oito anos. Me orgulho de dizer que foi a meu pedido que ele escreveu sua primeira ópera, *Alcinda, a pastora*, que levamos no Teatro Régio". O Maestro espantou-se: – "Verdade?..." Rossini lançou-lhe um olhar selvagem. Depois, armando-se de uma dignidade condescendente, tirou de seu velho alforje um papel destruído pelo tempo, desdobrou-o com suas mãos pintadas de manchas marrons: – "Veja o senhor mesmo". Era o programa da récita de estreia de *Alcinda*, e, na relação dos músicos, ali estava: *André Grilo - rabeca*. – "Acredita agora? É porque não conhece minha vida". – "Pois me conte". Na biografia de Rossini, que ele passou a recitar com imponência, havia lacunas alarmantes, que o Maestro perdoou em atenção à Arte. Perguntou-lhe então por que não tocava na orquestra da Catedral. – "Com o Mendanha? Obrigado". Isso foi o suficiente para que o Maestro o convidasse a integrar a Lira, na qualidade de *rabequista principal*, "para exercitar os músicos e com direito a me substituir nos impedimentos. E como é sua caligrafia musical? Preciso de um copista para desdobrar as partituras para os instrumentistas". O homem pegou um lápis e traçou com segurança, sobre o tampo de mármore da mesa, uma pauta retilínea e escreveu algumas notas tão perfeitas que pareciam impressas. O Maestro, agradado, repetiu o convite e revelou o salário, aumentando-o um pouco – o Major confirmaria. Rossini fez algumas contas ao lado da sua pauta, mirou a parede onde havia uma estampa dos trabalhos de Hércules, coçou a testa e disse, decidido: – "Aceito. Isso aqui está muito monótono, mesmo". – "Bravo. E vamos beber em homenagem ao nosso contrato". O outro recusou, não botava álcool na boca. E assim o Maestro reuniu três rabequistas e um tocador de flauta, algo muito exótico, que abriria um fosso harmônico entre a suavidade das rabecas e os roncos soturnos da tuba, mas estava confiado em seu trabalho futuro: Mestre Mendanha ainda ouviria falar na Lira Santa Cecília. Comprou papéis de música, e, achando que precisava de uma casaca para os concertos, procurou um alfaiate na Rua da Praia. Ao tirar as medidas, perguntou à filha da casa, que viera trazer refrescos, e que tinha os mesmos ares de Clara Vitória, como ele ficaria assim tão bem-vestido. A resposta – "Um cavalheiro, um barão..." – deixou-o com vontade de logo retornar à estância. À noite, num bordel, e a pedido das putas, pôs-se a tocar no bandolim as canções da zarzuela *Doña Paquita, la loca*, ora em récita no Teatro São Pedro. – "E isso eu toco em homenagem a uma dama" – disse, despertando a curiosidade brejeira das mulheres, que queriam saber quem era a sua "escolhida do coração". – "Alguém cujo nome não pode ser dito neste lugar" – respondeu, misterioso e sincero. No retorno, quando navegavam pelo Jacuí, feliz, ele puxou conversa com Rossini, que, debruçado na amurada e com a mão em concha à volta da orelha, ouvia o canto dos pássaros nas árvores marginais. Perguntou-lhe: – "Bom, esse dia, não é mesmo?" Rossini, sem se voltar, fez-lhe um sinal para que ficasse quieto: – "Ouça. Isso é mais bonito que qualquer ópera". Um extravagante, esse rabequista, estaria certo levá-lo? Agastado, o Maestro retornou para a popa, onde os músicos passavam uma garrafa de mão em mão: – "Aproveitem aqui, seus borrachos, porque na estância vai ser diferente".

Alegre, Clara Vitória viu o Maestro retornar. A existência retomava seu curso, e a Lira ganhava novo alento com os músicos trazidos de Porto Alegre. Rossini não se fez de acanhado e, imbuindo-se de seu cargo, observou atentamente os músicos. Depois do ensaio, pediu licença ao Maestro, pegou as partituras e ficou até tarde da noite a corrigir as arcadas das rabecas; estabeleceu certa uniformidade nos movimentos da mão direita, marcando nas notas os sinais que deveriam ser obedecidos. Se antes os arcos, desordenados, pareciam uma batalha de adagas, já no seguinte ensaio faziam um desenho harmonioso no ar, alçando-se e baixando todos ao mesmo tempo, como se tivessem uma única vida. – "Isso é mesmo importante?" – o Maestro intrigava-se, ao que Rossini respondeu, solene: – "Ouve-se também com os olhos". E porque os olhos eram importantes, Rossini também proibiu aos músicos de marcarem compasso batendo com o pé: – "Isso é coisa de músico de feira. O compasso é sentido com o coração, e não com o pé". Os sopros representavam mais cuidado, porque os executantes ainda inflavam as bochechas, à maneira do circo. Foi uma dificuldade convencê-los a tirarem as notas apenas dos lábios e da respiração. Em uma semana, já pareciam uma orquestra.

Nos primeiros ensaios após tanto tempo, Clara Vitória abria os postigos do quarto e debruçava-se no peitoril, deixando que a música a envolvesse num afago de saudade. O Maestro percebia-a, através da porta da capela: parecia mais velha, agora que prendera os cabelos no alto da cabeça, e já pouco guardava das intempestividades de criança, adquirindo um aspecto pausado, como se muito tivesse refletido. Enchia-se de paixão ao imaginar que ela poderia ter sentido sua falta. Certa tarde ele e Rossini vinham pelo terreiro e depararam-se com Clara Vitória. O Maestro disse, depois de cumprimentá-la: – "Porto Alegre é uma cidade muito bonita..." Ela juntou os ombros: – "Prefiro a nossa estância". – "Eu também. Aqui há a menina para alegrar a vida". Ela fechou o rosto e voltou para casa, e ele aspirou, encantado, o perfume de malvas que ficara no rastro. Rossini, ao lado, sorriu, tocando de leve o ombro do Maestro.

Mais tarde, depois que o carrilhão da sala grande bateu as dez da noite, a estância era um páramo de silêncio batido pela lua. O Maestro sentou-se à mesa de pinho para arranjar um prelúdio para sua nova orquestra. Pegou o papel de música, abriu-o, traçou os grandes riscos verticais dos compassos, escolheu a tonalidade fácil de Dó Maior, preencheu o início de cada pauta com os nomes dos instrumentos, rabiscou algumas notas, apagou-as, reescreveu, e, largando o lápis, concluiu que estava sem veia. Ia tomar o bandolim, mas uma súbita ideia fez com que pegasse uma partitura e se dirigisse ao galpão. Rossini estava à porta, num banco, as pernas cruzadas, olhando para o céu. – "Rossini, trouxe alguma coisa para você copiar. O que está fazendo?" Rossini tomou a partitura e largou-a no chão com muita gentileza: – "Veja a lua. Que bonita, aqui no Sul. A mesma lua do *Rigoletto*". De fato, enorme e nítida, iluminava com seu brilho de cal as poucas nuvens que corriam levadas pelo vento. O Maestro buscou um banco, sentou-se ao lado: – "Você, o que está achando desse fim de mundo?". – "A mim tanto me dá. *Ubi bene, ibi patria*" – respondeu o outro –, "*onde está o nosso bem, aí é o nosso lugar*". – "Você sabe latim?" – "Só sei dizer essa frase e uma outra mais simples, e isso me chega". E começaram uma conversa de vagabundos. Rossini achava que havia uma diferença entre *escutar* e *ouvir*: – "Escutar, se escuta um arroto ou um ranger de carroça, que são coisas que valem por si mesmas. Ouvir, isso não é com a orelha, é com a alma. A alma se encarrega de aplainar o que é mal tocado, e chegamos ao som perfeito, que só existe nas ideias". Dentro dessa teoria, a Lira Santa Cecília deveria ser *ouvida*: – "Porque os músicos da Lira, fora eu, *comem* as notas como uns desgraçados, e os instrumentos não prestam. Ouvindo com a alma, aquilo fica a orquestra do Paço, que também não é grande coisa". O Maestro tinha de concordar: por mais que tivesse selecionado os músicos, a orquestra estava longe de ser o desejável. E deu-se conta, também: sentia em relação ao rabequista um sentimento obscuro; ora incomodava-se com o caráter lapidar dos seus julgamentos, ora atraía-se pela sábia gravidade daquele velho, que, a certa altura, respondia a uma pergunta: – "O amor?

Está sempre nos esperando como um animal para nos atacar. O senhor, por exemplo, tem amor pela menina da casa, e acho que enamorou-se sem querer". O Maestro, surpreso, levantou-se, estirou as pernas. Era perigoso, esse homem. – "Vou trabalhar". – "Pois bom trabalho. E não esqueça: nos ataca, esse animal, mas não nos devora".

Então aconteceu a noite em que a cozinheira foi ao quarto de hóspedes, dizendo ao Maestro que ele era o homem mais lindo que havia visto em sua vida. Ele bem tentou mandá-la embora, mas quando se deu conta de que Clara Vitória estava desperta, e porque afinal não podia recusar-se à sua hombridade, entregou-se àquele corpo ainda aproveitável. Antes do amanhecer, e já arrependido, disse-lhe que nunca mais voltasse. Ao espalhar-se a notícia, foi chamado pelo Major, que lhe pediu a confirmação do fato. Confessou, procurando desculpar a cozinheira, ele é que agira mal. Antônio Eleutério nem quis ouvi-lo e, incomodado, mas refletindo que os homens mais erram pela astúcia das fêmeas, expulsou a cozinheira e passou uma famosa descompostura no Maestro. Todos acompanharam o sofrimento da pobre mulher, posta à frente da estância com suas trouxas, à espera do agregado que a levaria de charrete para São Vicente. Era uma cozinheira antiga – entrara para a estância aos onze anos e agora tinha trinta, e protegia as crianças da casa: dava-lhes doces fora de hora, separava para elas as pernas de galinha e ajudava-as a mentir. Clara Vitória, que ouvira todos os movimentos do quarto do Maestro naquela noite de pecado, seguindo com o coração exaurido o ranger da cama e os gemidos de prazer, veio para a janela da sala grande e, disfarçada, observava a mulher, saboreando o infortúnio com um suspiro ardente. Julgava-se bastante esperta por haver contado a sem-vergonhice para a ama de casa, uma notória língua rota, insistindo que o Maestro não tivera culpa, a cozinheira é que se oferecera, a perdida. Ao fim do relato, pedira segredo, como era natural. Três dias depois, criou uma situação complicada: roubou a chave da capela, escondendo-a no fundo do armário – e viu como a procuravam por todos os lados e como as escravas faziam rezas a Santo Antônio. Clara Vitória então lembrou ao pai que eles poderiam hoje ensaiar na sala grande – e assim, naquela tarde e na tarde seguinte, ela teve a música ao outro lado de seu quarto. A chave reapareceu em seu lugar dois dias depois, e todos atribuíram esse fato ao Santo.

Na ocasião em que Antônio Eleutério anunciou o concerto da Páscoa e autorizou que as mulheres fizessem roupa nova, ninguém esperava que D. Brígida viesse a concordar com tanta rapidez. Mas era por cálculo: durante a festa que se seguiria, Silvestre Pimentel enfim poderia decidir-se a pedir a mão de Clara Vitória. E resolveu deixá-la bonita, para que não restasse dúvidas quanto ao fato de que a filha era a única mulher possível de ser desposada em toda a redondeza. Assim, no dia da Páscoa, Clara Vitória apertava-se num vestido cor de chá e usava um cordãozinho de pérolas ao pescoço, relíquia de uma avó. Sua cabeça foi ornamentada num coque avolumado por um horrendo postiço de cabelos mortos. Era o penteado de festas desde que tivera as primeiras regras. Olhando-se, ela não sabia mais qual era sua idade. Acompanhou depois os preparativos da capela: D. Brígida mandara reunir cadeiras e trouxe os poucos vasos da casa, com eles florindo o pequeno altar. Os músicos também se ajeitavam como podiam, polindo os sapatos e acertando as gravatas uns aos outros. O Maestro, desde a hora do almoço se fechara no quarto. Arrumava-se com apuro: era a primeira vez que apareceria com a roupa nova frente a Clara Vitória. Experimentou uma camisa, achou-a ruça, trocou por outra, alvíssima. Em frente ao pequeno espelho, molhou o cabelo, espichando-o à força de pente e banha. Ao fazer o laço na gravata de seda negra, comparou a brancura do colarinho com sua tez e apertou os lábios, constrangido. Mas logo erguia a cabeça: tinha sua arte, que o distinguia e o colocava em posição superior. Hoje eles veriam. – "O macaco está botando casaca" – disse D. Brígida para a filha –, "mas aquilo nem vestido de Jesus Cristo". Contudo, Clara Vitória estava curiosa. Pelas três da tarde chegaram Paracleto Mendes e a mulher, e logo após começaram a aparecer os outros vizinhos, ainda repletos dos ferozes almoços pascais, queixando-se do calor fora de época e antecipando um temporal para logo mais. O Major os recebia à porta e os levava para a sala grande, onde ordenava que lhes servissem digestivos de macela colhida na Sexta-Feira Santa. Clara Vitória era mostrada a todos, e as mulheres se admiravam que houvesse crescido tanto em tão pouco tempo. Às quatro, estavam na porteira as charretes do Vigário e de seus convidados. Antônio Eleutério teve para estes uma distinção incomum. Era a primeira vez que a sociedade da Vila de São Vicente vinha em conjunto até sua estância. Em pouco tempo a sala regurgitava de gente. O Vigário, a única coisa que lamentava era não ser mais época de suas "uvas do fantasma". Já os notáveis olhavam para os lados e perguntavam onde seria a tocata. Antônio Eleutério apenas sorria: guardava-lhes a novidade. Meia hora mais tarde, mandavam avisá-lo de que estava tudo pronto. Levantando-se, convidou a todos para passarem à capela. Estranharam, mas o Vigário apaziguou-os, dizendo que isso não ofendia nem a moral nem a religião. Aliás, dizia já lá fora, a música também era uma maneira de orar a Deus, Davi assim o fizera com sua harpa. Clara Vitória reuniu-se a algumas moças e ficaram para trás, o suficiente para verem Silvestre Pimentel, que vinha a cavalo, trajando paletó, colete de cetim floreado e botas altas de verniz sobre as calças de montaria. Uma das moças cochichou ao ouvido de Clara Vitória que bem se casaria com aquele homem ...se ela deixasse. – "À vontade..." Silvestre Pimentel apeou, entregou o cavalo a um peão e veio saudar D. Brígida. Depois apertou a mão de Clara Vitória, e olhando para o vestido num gesto assustado: – "Pois hoje você parece uma rosa..." As moças riram escondido, e Clara Vitória fixou-lhe o colete: – "E você, um tordilho-vinagre". D. Brígida de Fontes pediu desculpas pela besteira e conduziu-o para a capela, colocando-o junto aos senhores, e, cheia de segundas intenções, ordenou à filha que ocupasse o lugar ao lado. Enquanto esperavam, Silvestre disse a Clara Vitória que não entendia nada de música, mas respeitava a preferência do Major, e se toda aquela gente estava ali, era porque deveria ser alguma coisa muito boa. – "Essa música é para quem entende, mesmo" – ela respondeu, olhando para os instrumentistas que procuravam suas cadeiras. – "Decerto". – Era um homem consciente de sua ignorância, e aceitou sem reservas aquilo que era para ser um desaforo.

Ao entrar pelo corredor, atravessando a plateia de seus antigos desafetos de São Vicente, o Maestro procurava Clara Vitória. Encontrou-a logo, soberba em seu belo e pálido vestido, o pescoço cingido pelas pérolas, dominando aquela assembleia onde predominavam mulheres severas e gordas, de trajes pretos como a morte. O coque absurdo, longe de enfear Clara Vitória, destacava sua juventude. Para ela tocaria, hoje. Silvestre Pimentel, ao enxergar o mulato sobraçando o maço de partituras, todo enérgico em sua casaca de enterro, não conseguiu conter o riso, que tratou de disfarçar: parecia-lhe um ser ao mesmo tempo cômico e inofensivo, e ele se dispôs a apreciar com ânimo leve o que viria pela frente. Tudo, porém, adquiriu uma tal sisudez que mais parecia um tríduo de igreja. Silvestre Pimentel aprumou-se no assento, levando o dedo ao queixo, pensativo. Com o canto do olho, vigiava Clara Vitória: nunca estivera tão séria, e sua pele de louça brilhava de expectativa. Num prolongamento da imaginação, seguiu a linha do colo, que terminava em dois seios perfeitamente iguais, ora cobertos por uma fina renda de Bruges. Não, jamais poderia tocá-los. Distraiu-se com Paracleto Mendes, que, a seu lado, ajeitava a enorme barriga sobre as coxas e que lhe disse, baixo: – "Esse Antônio Eleutério..." – "É... depois de velho deu para essas coisas". Era o máximo de desrespeito que Silvestre se permitia, e emendou logo: – "Mas enfim, cada qual, cada qual". Ouviram um shhh! do Vigário: os músicos seguravam seus instrumentos, numa atitude presa ao Maestro, que bateu com a régua na estante e fez um sinal de atenção com o dedo; ao cessarem os rangidos das cadeiras, instaurando-se um silêncio absoluto, o Maestro soou o diapasão e os músicos afinaram. Depois, muito ereto, foi baixando as mãos, num movimento quase imperceptível mas determinado, e a música começou, imiscuindo-se pelos desvãos da capela. Os assistentes entreolharam-se, como se estivessem ante algum sortilégio, ou, ainda, lembrados das façanhas do Maestro, de oculto insulto. O que mais atraía a curiosidade era, em primeiro lugar, a partitura que ele seguia, um emaranhando cabalístico de borrões e linhas, e, depois, a figura muito heráldica de Rossini, com seus imensos cabelos brancos presos, e que parecia saído de um quadro. Ninguém sabia o que sentir: por um lado, imaginavam que todos os outros estavam fingindo, mas vendo a gravidade do Major e do Vigário, procuravam compenetrar-se. Todos aqueles acordes e todo aquele ar de igreja entonteciam Clara Vitória, seduzida pelos movimentos dos braços do Maestro. Eram gestos precisos; as mãos escuras e terrestres, ao girarem no ar, arrancando as melodias dos instrumentos, tinham qualquer parte com o domínio exclusivo de Deus. E porque era livre para pensar, sentiu aquelas mãos correndo por seu corpo. Era um sonho, um pensamento... Foi surpreendida com as palmas, começadas pelo Vigário: a música terminava, e o Maestro agradecia, curvando-se, buscando Clara Vitória: mais bela do que nunca, olhava para ele. O resto da tocata Clara Vitória passou como numa fantasia, e ao terminar o hino da República Rio-Grandense, Silvestre Pimentel acordou-a: – "Bem bonito". Quando o Maestro empunhou o bandolim e começou a tocar, Clara Vitória observava aqueles dedos ágeis tangendo as cordas, e não conteve um suspiro. Foi a primeira a aplaudir. Já todos se entusiasmavam pela perspectiva do anunciado jantar, e como o tempo se arruinava de vez, saíram às pressas para a sala grande da casa. Clara Vitória disse a Silvestre Pimentel e às moças que já iria, e, deixando que todos fossem embora, viu como o Maestro dizia palavras simpáticas aos músicos. Foi a seu encontro: – "Gostei muito". – "Obrigado" – ele disse, refazendo-se –, "eles é que tocaram bem". Um raio luziu, e o Maestro olhou para a janela: – "Vamos andar, se não quisermos ficar molhados". – "Maestro. Tenho sido meio malcriada". – "Talvez eu é que tenha dito uma inconveniência. Vamos" – e pegou-a pelo braço. Lá fora, o céu começava a despejar-se num aguaceiro do início dos Tempos. – "Com licença". – Ele tirou a casaca e a colocou sobre a cabeça de Clara Vitória. – "Não é preciso". – "É preciso". E assim, ela protegida, correram até a porta da casa. – "Obrigada". – "De nada. Com licença" – e ele recolheu a casaca e saiu em direção a seu quarto, esquivando-se da água que escorria pelo beiral. Mal abriu a porta, atirou-se na cama. Ouvindo a chuva e os risos que vinham da sala, ele tentava evocar todos os momentos do concerto em que saíra vencedor, mas em meio àquela massa difusa de pessoas e músicas só se lembrava de Clara Vitória. Já vira muitas mulheres belas, mas a menina superava a todas, na indefinição entre a maturidade e a infância, no cintilar dos olhos verdes. E apertando os dentes, desejou-a, ali consigo, num desejo irrealizável, maior do que suportava.

Durante o jantar, todos elogiavam a Lira Santa Cecília, o Maestro nem parecia aquele mesmo de São Vicente. Estava mais... como diriam? mais compenetrado. E tudo obra do Major Antônio Eleutério. – "Não só, não só" – ele replicava, modesto – "foi o nosso Vigário aqui que me indicou o moço". O Vigário explicou que o Maestro talvez precisasse dessa oportunidade que o Major lhe dera. Na Vila estava mal aproveitado, meio ocioso. – "E como nós sabemos, o ócio é a mãe de todos os vícios". – Depois, e mudando de assunto para não ser contestado, passou a narrar a excursão à tapera das uvas, arrematando: – "Ninguém imagina o que seja aquilo. Um lugar esquecido da Criação. Mas dará um bom vinho de missa, no ano que vem..." Paracleto Mendes riu: – "Ainda bem que o senhor é quem vai beber o vinho do fantasma". – "Não deboche. Será uma parte de Cristo". Mas Clara Vitória não escutava: os dedos do Maestro ainda queimavam seu braço. Ao contrário do que esperava, não lhe davam aquela conhecida sensação de asco, mas sim enchiam-na de um calor que, contaminando o peito, dilatava-se a todo o corpo, como se o sangue do Maestro se tivesse mesclado ao seu, correndo pelas veias. Inquieta, saiu de seu lugar à mesa e procurou Silvestre Pimentel – seria tão cômodo gostar dele... Disse, sobre seu ombro: – "Fui atrevida, há pouco". – "Isso não é nada". – Silvestre tinha à sua frente um pires com arroz de leite, e olhava para o pó de canela que D. Brígida havia polvilhado, insistindo na mentira de que Clara Vitória havia feito o doce. – "É sim, fui atrevida" – ela disse, sentando-se ao lado. – "Nem tanto" – ele respondeu, resignando-se a levar à boca uma colherada –, "moças bonitas podem dizer o que quiserem". Esse foi o momento em que ela concluiu que, em definitivo, jamais poderia casar-se com ele. Conversaram até os licores. Quando os convidados se retiravam, aproveitando uma estiagem da chuva, iam certos de que ali, os dois ficaram em definitivo ajustados para o casamento próximo, e até diziam algumas graças que deixavam D. Brígida babando-se de prazer maternal. Não acontecera o pedido de casamento, mas era como se tivesse acontecido. Já naquela noite, antes de dormirem, ela revelou ao marido seu plano de casar Clara Vitória com Silvestre Pimentel assim que fosse possível. Antônio Eleutério, que terminava de enfiar a longa camisola de morim e tinha a cabeça cheia pelos acontecimentos do dia, apenas disse: – "Dinheiro e berço o moço tem. Mas também tem seu passado. Veja lá". E deitou-se, virando-se. – "Isso é comigo". D. Brígida de Fontes sabia que era seu direito resolver o assunto; de qualquer forma, Antônio Eleutério, já antes um imprestável para essas coisas de família – sua maior iniciativa fora a desastrada surra de relho que passara no filho à frente da capela –, tornara-se um inútil completo desde que inventara isso de música.

Em seu quarto, Clara Vitória tirava o vestido e o incômodo postiço dos cabelos. Mas não atentava para o que fazia: ouvia o Maestro, que caminhava de um lado para outro, também insone.

D. Brígida de Fontes pôs-se a agir: na semana seguinte, quando o marido se ocupava em discutir com o dengoso alfaiate de São Vicente os ridículos pormenores dos uniformes dos músicos, exigindo o comprimento até os joelhos – "eles não são frescos para ficarem com a bunda ao léu" –, ela fez uma visita à esposa do Barão de Três Arroios para discutir o noivado. A Baronesa, que consumia seus dias à beira da cama do marido, e a quem o sofrimento conferira um espírito prático, não se opôs a esse enlace que viria tranquilizar a família. Havia, porém, a questão do Afilhado, aquele menino... D. Brígida resolveu abreviar, desfazendo qualquer drama: – "São coisas de homem". Saiu de lá com a arrasadora decisão de efetivar as bodas no Natal, e disse isso a Clara Vitória. – "E seu pai e eu estamos velhos, e o Barão qualquer dia bate as botas. Ninguém de nós pode morrer sem esse assunto resolvido. No Natal, então?" – "No Natal..." – "Assim fala uma moça ajuizada. Não pode haver partido melhor: o Silvestre tem boa saúde, e mais cedo ou mais tarde vai herdar a estância do tio". – "É... não pode haver melhor..." – repetiu Clara Vitória.

D. Brígida deu novo ânimo ao enxoval e passou a incentivar os concertos – para os quais sempre convidava Silvestre –, espantando o marido, que não chegava ao ponto de preocupar-se com as razões para tal mudança de atitude. Por iniciativa dela foram instituídos os bailes após a apresentação da Lira, coisa que Antônio Eleutério acatou após consultar o Vigário. Começou então um inverno de festas, a que D. Brígida procurava dar um colorido pré-nupcial.

Mesmo com a voz do casamento, Clara Vitória mantinha-se distante, e os longos cílios mal batiam. O Maestro via-a bordar através do vão da janela, e seu gesto mecânico de enfiar a agulha no tecido lembrava alguém que preparava o enxoval de outra noiva. Esses matrimônios resolvidos pelos pais eram comuns entre as famílias bem-postas, em qualquer lugar do Brasil. Sabia o resultado: mulheres doentes de solidão e desespero, mastigando rezas infindáveis em frente às vidraças de seus oratórios seculares e vivendo nos limites do pecado; a conter tanta seiva, a aspereza dos maridos, a diligência dos padres e o terror do inferno. Recusava-se a admitir esse destino banal para Clara Vitória: embora coberta por um véu de reflexões, mantinha intocada a beleza que o fizera dobrar-se. Agora que ela não lhe tinha mais repulsa, chegavam a falar-se, como na fria manhã em que o Maestro saíra a olhar os potreiros transformados num desenho branco de geada. Ela vestia uma camisola até o pescoço, e estendia os cobertores sobre o peitoril da janela aberta ao sol. Os cabelos, ora libertos, mantinham a breve opacidade dos travesseiros, mas o rosto, levemente túmido, brilhava à luz, e era quase possível sentir o calor perfumado daquele corpo ainda morno da cama. O coração latejando, o Maestro baixou os olhos, mas ela disse: – "Bom dia. O senhor não tocou o bandolim, hoje". – "É que eu escrevia uma canção" – ele respondeu, emendando uma inesperada audácia: – "Uma canção para uma moça". Clara Vitória acariciou sem pressa a barra de seda dos cobertores: – "E quando vamos escutar, a canção?" – "Logo que a moça me quiser ouvir". Nesse instante escutou-se a voz de D. Brígida, chamando a filha. Ela ainda ficou um pouco à janela, relutante, e apenas afastou-se a um novo chamado. Antes de ir, despediu-se com um aceno gracioso dos dedos longos. Os nervos em tiras, estático, o Maestro não conseguia arredar pé, olhando para o vão escuro da janela: se Clara Vitória não perguntara quem era a dama da canção é porque desconfiava... ou tinha certeza... – "O pão é uma merda, mas o café está ótimo, o que é raro aqui no Sul". O Maestro voltou-se: era Rossini, um cachecol romântico em volta do pescoço, mordendo um naco de pão acompanhado por uma caneca de café. Ficou olhando para o músico: uma alegria enxergá-lo assim, terrestre e cotidiano, era o que precisava, naquele momento. Rossini convidou-o: – "Vamos sair daqui?" – e levou-o para a frente do galpão. Terminou de comer, limpou as mãos nas calças e, pedindo licença, foi buscar um estojo de madeira, "o senhor precisa desanuviar-se, e eu preciso tratar dessa dama". Levou uma pequena mesa para fora e sobre ela, num movimento de oficiante, abriu o estojo. O que apareceu foi uma visão de luxo: um tecido de veludo vermelho que moldava as formas delicadas da rabeca, e no qual bordavam-se folhas de louro em volta de um monograma em letras góticas. Em seguida, as mãos lentas de Rossini afastaram o pano, que deslizou molemente, revelando o instrumento, "essa rabeca me acompanha há trinta anos". Retirou-a de seu leito almofadado, e, nesse gesto, as cordas soaram. – "Mil perdões por lhe acordar, minha alma". Sacou do bolso um pequeno frasco de óleo de amêndoas, destampou-o, umedeceu um lenço de cambraia finíssima e começou a passá-lo de leve sobre o dorso de pinho-de-riga, reavivando as estrias da madeira, que eram como capilares excitados sob a pele âmbar. O aroma doce do óleo, tão conhecido, hoje lembrava bosques e campos ao amanhecer e, sem esperar, lembrava o perfume que o Maestro julgara sentir havia pouco em Clara Vitória. Rossini prosseguia seu trabalho amoroso, e agora demorava-se nas ilhargas, tateando-as com volúpia. Disse: – "As damas, quando acordam, são flores que nascem". – E passou a assobiar, forte e afinado como uma flauta de prata, uma ária de ópera. – "Conhece? É o *Là ci darem la mano,* da ópera *D. João,* que me ensinou o Mestre Segismundo Neukomm, o austríaco. Vivia brigando com o Mestre José Maurício, que ele achava que era um ignorante. Mas não era". O instante foi interrompido por dois músicos que saíam do galpão, coçando os bagos, os cabelos amarfanhados, premindo os olhos à claridade. – "Esses degenerados não entendem nada" – irritou-se Rossini –, "são tocadores, como poderiam ser padeiros". – E assumindo sua dignidade de *rabequista principal,* mandou-os se despacharem, estava na hora dos estudos. – "E o que vamos ensaiar de tarde, Maestro?"

Este já não o ouvia: caminhava com as pernas fracas em direção a seu quarto, onde tomou o lápis e, abrindo suas folhas pautadas, entregou-se a uma orgia de notas. Nessa manhã, exaurido, ele deu razão a Rossini: amava Clara Vitória, um amor perdido e sem volta.

D. Brígida de Fontes, com o tempo, agradava-se de enxergar a filha mais dócil. Silvestre chegava todo elegante aos concertos, encharcado de água-de-colônia – era certo que a Baronesa tivera uma conversa com ele –, sentava-se por sua vontade junto a Clara Vitória na capela, e, ao irem para a sala grande, ele a tirava para dançar, enlaçando-a com respeito. O Vigário fumava, sentado junto aos velhos, a face embebida em êxtase ao ver como a menina da casa seguia o bom rumo; para D. Brígida, segredava que aquele seria um belíssimo casamento, com a Lira Santa Cecília tocando as mais edificantes peças sacras de seu repertório. Procurou o Maestro para saber do andamento do *Te Deum*: quem sabe não ficava pronto para o matrimônio? O homem pareceu-lhe transformado, e mal respondeu à pergunta: "Ficará pronto quando Deus mandar..." Ali havia coisa. O Vigário poderia considerar-se um parvo para muitos fatos da vida, mas sabia quando alguém lhe escondia algo. – "O que está acontecendo, afinal? Você antes parecia entusiasmado com o *Te Deum*". – "Nada, é que nem sempre se tem inspiração". – E saiu. O Vigário ficou parado, as mãos nos bolsos da batina: desde quando músicos dependem de inspiração? Isso era para os poetas, Ovídio, Virgílio, Metastásio...

Os filhos solteiros da casa, esses, verdadeiros bichos do mato, seguiam os preparativos com a desatenção dos simples, embora fossem bons para espalhar, em conversas tolas, a notícia da futura boda. O mais velho, Eugênio, cuja pouca inteligência esvaía-se em administrar a charqueada, encontrava tempo para caçoar de Clara Vitória, imitando a voz algo nasal de Silvestre Pimentel: – "Você está cada dia mais gorda..." – "Ora! Vá cuidar da suas graxeiras". O outro irmão, o de rosto ameninado, tinha com ela alguns cuidados de pai; até dois anos antes, desperdiçava a juventude em ocupações sórdidas, como masturbar-se ao espionar o banho das escravas nuas ou ao observá-las se deitando com os peões nas macegas distantes. O pai, ao saber disso, prendera-o por uma semana no quarto depois de lanhar-lhe o couro com um cinto dobrado; passado esse tempo, dissera-lhe que era tempo de ser homem, e mandou que fosse ajudar o irmão. Depois do trabalho ele vinha observá-la bordar, e não foram poucas as vezes em que ela notou-lhe um olhar talvez cúmplice. Chamava-se Ambrósio, e detestava o nome como um castigo; Clara Vitória, na infância, disse-lhe: *Bobó*, e o apelido ficou. Numa ocasião em que estavam a sós, ela perguntou: – "Bobó, você, o que acha desse casamento?" Ele sorriu, encolhendo os ombros. Depois, numa atitude ousada, avançou a mão e pousou-a sobre os cabelos da irmã – e era a primeia vez que o fazia –, em seguida dando meia volta e retirando-se. *Esse sabe tudo* – pensou Clara

Vitória, largando o bordado sobre o aparador. Mas o que era esse *tudo*, que ela pensara com tanta rapidez? Assustou-se: e se o irmão já soubesse que ela, havia tempo, todas as noites, saía da cama, apagava a vela, e como uma sombra entre as sombras, se esgueirava para fora da casa e entrava no quarto de hóspedes e deitava-se com o Maestro até madrugada alta?

3

A VILA DE SÃO VICENTE É UM ARRUAMENTO único, plano, terminando na praça e ladeado por habitações ainda novas, mas a que o abandono dá um ar antigo. Num só golpe de vista enxerga-se todo o casario, cujos pátios de limões e laranjas se unem aos campos. A igreja, ao fundo da praça, dividindo-se da singela casa canônica por um terreno sombreado de bananeiras, não possui mais do que uma nave. As paredes são brancas de cal, e os cunhais negros, emoldurando o branco, trazem à lembrança um cartão de pêsames. Seus requintes são modestos: além da tradicional imagem de roca representando Cristo preso ao tronco do suplício e com a trança de espinhos sobre a cabeleira morta, possui o templo um pequeno adro com uma balaustrada de pedra, eternamente suja pelos excrementos das pombas que se perseguem no frontão triangular. Conhecendo a riqueza dos paroquianos, o visitante estranhará esse estado de coisas: é que as famílias estancieiras, célebres pela avareza, procuram suas casas na Vila apenas para refugiarem-se do inverno do pampa. Já nos meses de calor, porque tudo se desfaz, os escravos-caseiros jogam pelota no meio da rua; no máximo, o jogo poderá despertar a curiosidade dos onze cachorros, todos conhecidos pelo nome. Durante as desordens dos farroupilhas, São Vicente conheceu alguma agitação, e todos ainda se lembram de certos tiroteios, mas tão miseráveis que só desmereceram o lugar. Afora isso, são os escândalos previsíveis, logo transformados em cinzas nos murmúrios do confessionário: adultérios efêmeros, incestos entre primos-irmãos e alguma sodomia. E nada mais, por virtude ou ausência de fantasia. Assim, é cada vez mais certa a frase cheia de malícia dos habitantes de Alegrete: vai a São Vicente só quem precisa.

Quando a Lira Santa Cecília ali chega para apresentar-se na igreja, os rojões do Vigário transformam a tarde num cenário de revolução. A orquestra é recebida na ponta da rua pelo viúvo Presidente da Câmara, à testa dos quatro conselheiros e suas mulheres, e levada até ao templo numa procissão profana a que se junta o povo em trajes de missa. É o onomástico do santo padroeiro, e o Vigário quer marcar para sempre a data, na esperança de que seus fiéis tomem mais gosto pela paróquia: assim, pediu ao Major Antônio Eleutério que cedesse a Lira para abrilhantar a festa, mandou comprar os fogos de artifício em Alegrete e correu de estância em estância, convocando os recalcitrantes sob promessas de indulgências. Ou pelos rojões, ou pelo convites pessoais, ou ainda pela antevisão dos benefícios das branduras celestes, o sacristão conta sessenta e três pessoas quando os músicos vêm para seus lugares frente ao altar. Por cautela, evita-se destinar à orquestra o frágil coro, que mal se sustenta nas decorativas pilastras de madeira. Clara Vitória, que para ali veio com toda a familiagem, retarda-se nos bancos traseiros, de onde enxerga o Maestro no adro, dando as últimas instruções aos músicos; mas D. Brígida, farejando a possibilidade da presença de Silvestre Pimentel, manda que a filha vá para perto do comungatório, onde poderá ser vista. Obedecendo, e sem vontade, ela vai sentar-se no primeiro banco, com os pais e os irmãos. É um momento de olhar absorta para a lamparina do sacrário, enquanto espera.

E lembra-se.

Foi na quase noite do dia seguinte àquele em que conversaram à janela. Depois dos bordados, quando a orquestra já havia terminado o ensaio, ela veio espairecer no patamar, de onde gostava de enxergar a Vésper aumentando seu brilho à medida em que o céu tomava-se de sombras. Uma falta de prudência, aceitar casar-se no Natal – mas estava cansada, e a mãe pegara-a naqueles instantes em que concordamos com tudo, desde que nos deixem em paz. A questão, agora, era como evitar as bodas. Porque, para si e sua alma, essas não se realizariam. Pensava com asco na indignidade de pôr-se doente, o recurso fácil de certas mulheres. Ou, então, pedir mais tempo, ir levando a vida como um barco sem leme até que D. Brígida se cansasse por sua vez. Isso, porém, se ela não conhecesse a mãe. Caminhando ao comprido no patamar e sem soluções, viu o Maestro à mesa através da porta entreaberta, e imaginou que ele escrevia música, pois às vezes suspendia o lápis e assobiava absorto para o nada, depois voltando a escrever. O lampião, a seu lado, já estava aceso. Ela disse: – "É a canção para a moça?" Ele levantou-se agitado, e, nesse gesto, enganchou o bolso do casaco no espaldar da cadeira, desequilibrando-a. – "A senhora ?" – Veio até à porta e abriu-a por inteiro, dando a entender que não tinham nada a esconder, e pediu-lhe que viesse sentar-se. Ela entrou, mas permaneceu de pé. Olhava para a partitura na mesa: – "Como isso pode ser música? " – "Uma vez já me perguntou isso". – "E recebi um desaforo..." – "Eu estava muito ocupado, desculpe. Mas se quer mesmo saber..." – E segurou os papéis, aproximando-se tanto que sua respiração alterada chegava aos cabelos de Clara Vitória, movendo os fios superficiais. Mostrou: – "Veja... a música tem uns sons mais grossos e outros mais finos, não tem? Pois olhe: os sons mais finos vão escritos bem aqui acima dessas cinco linhas, chamadas de pauta, e os mais grossos, são escritos aqui embaixo. Veja essas bolinhas brancas e pretas, são as notas". Fascinante, aquela mão que agora adquiria uma leveza de pássaro, ao passar de uma pauta para outra. – "É como um desenho..." – ela murmurou. – "Verdade. Conheço muitos músicos que não sabem uma letra do alfabeto, e não erram nota". Clara Vitória aspirava o ar, procurando algum vestígio de odor maligno que saísse daquele homem tão perto de si, mas o que sentiu foi uma leve fragrância de corpo sadio, mesclada a sabonete de cravos-da-índia. Ele seguia explicando: ao ouvir-se a valsa, não se ouvia um-dois-três, um-dois-três? Pois cada um desses um-dois-três ficava dentro daquelas linhas retas que cortavam a pauta. Era o compasso. Dava para entender? – "Tudo" – ela mentiu – "e é mesmo preciso escrever isso?" O Maestro largou a partitura e parou-se à sua frente: – "Sim, para que os músicos saibam o que devem tocar, e para que eu, quando invento uma música, não me esqueça dela". – "Então o senhor, só olhando essas notas já sabe como é a música?" – "Sim. Toda ela está na minha cabeça. Mas me fazia falta um piano para eu compor melhor". – "Na estância do Barão tem um piano na sala grande, e ninguém usa. Está sempre com uma colcha por cima". – "Claro. Deve estar desafinado e podre". Clara Vitória apoiou-se na mesa: – "O senhor acha que os estancieiros são uns grosseiros?" – "Não. São... uns esquecidos". – E o Maestro riu, e Clara Vitória deixou-se rir, esquecida de tudo, sem saber se ria da bobagem ou do urinol de estanho que descobria embaixo da cama. – "Sabe, Maestro? Acho que agora eu estou entendendo a sua música". – "Isso iria acontecer. Mas a música não é minha. É de todos". Durante o quarto de hora seguinte em que estiveram conversando, ela observava os olhos do Maestro. Nos momentos iniciais desviavam-se, mas pouco a pouco perdiam o constrangimento e perpassavam pelas mãos de Clara Vitória, pelos seios – que ela recolheu, vergando os ombros –, pelo queixo, pelos lábios. Decidindo-se a ir embora, ela agradeceu-lhe por ele ter emprestado o casaco no dia da Páscoa. Ele disse, com naturalidade: – "Mas poderia fazer outra coisa?" Já no seu quarto, despindo-se para dormir, ela estava exausta: o olhar do Maestro ainda permanecia sobre si. De todos os homens que conhecia, peões, vizinhos, nunca ninguém tivera tanta atenção com ela. Essa deveria ser a maneira com que os *baianos* tratavam as mulheres de sua terra, uma fidalguia máscula, temperada pelo respeito e pela admiração.

Bem diferente da gentileza importuna de Silvestre Pimentel: na sequência dos bailes em que ele a tirava para dançar, sempre cerimonioso, seus comentários eram apenas a respeito do tempo, da criação de gado, ou, ainda, da doença do tio, e só parava para dizer: – "Pois hoje você está linda" – e olhava a cor do vestido, e, se fosse branco: – "como uma flor de magnólia". E dava por finda sua corte, despedindo-se com pressa. Aliás, tudo isso aborrecia também outra pessoa: D. Brígida, que via cada vez mais difícil o casamento pelo qual tanto maquinava: – "E você, menina, trate de ser menos arisca. Senão esse fresco vai ficar dançando com você até os oitenta anos. E já é hora de pensar no noivado. Não há casamento sem noivado, e o Natal chega logo". – "Outra hora tratamos disso". Mas um dia a mãe acordou com mais pensamentos do que sua estreita cabeça suportava: – "Vou falar com o Silvestre". Falou mesmo, e o rapaz perdeu-se num enredo de explicações, lavou-se de suor, tinha de pensar, ia conversar com a Baronesa... Em troca ouviu isto: – "No meu tempo os machos que tinham colhões resolviam essas coisas sem falar com as tias". Mais tarde, ela disse à filha: – "E se borrou quando falei no casamento. Esse homem tem só tamanho". Num sábado, receberam outra visita do Vigário, que vinha louco de vontade de escutar a orquestra, e muito falador: quando Clara Vitória veio beijar-lhe a mão, ele disse que a encontrava "um pouco triste", o que era? – "Não sei, é só um peso aqui" – e ela indicava o peito. O Vigário sorriu: – "Os sofrimentos da alma... Não seremos nós, os velhos, que haveremos de ter essas coisas". D. Brígida os observava: – "É que o assunto do casamento deixa ela nervosa". – "Mas quando se casar, se cura da alma". Clara Vitória, ante a iminência do desastre, veio para frente e mal continha um soluço, abraçando o gato. Como tinha deixado tudo ir tão longe? O Maestro passava rumo à capela para uma apresentação ao Vigário, notou-a, e pediu licença para perguntar-lhe o motivo de estar assim. Ela de início não quis conversa, porque o caso não dizia respeito aos outros, e nem ela entendia seus sentimentos. Ele insistiu, e ela, vendo-lhe um interesse veraz, desarmou-se: olhou para os lados e perguntou-lhe, baixo, se alguma vez sofrera "da alma". – "Da alma? Da alma não se sofre. A alma é feita só para as coisas bonitas, para a música. Ou para o amor". A essa palavra, Clara Vitória perturbou-se. Mas o Maestro a pronunciara de maneira tão simples que ela, com a garganta presa, repetiu: – "Amor?" O Maestro decerto considerava Clara Vitória uma criança: disse-lhe que o amor era uma coisa que acontecia entre mulher e homem. Ela admirou-se da própria coragem: – "Aquilo que aconteceu entre o senhor e a cozinheira". O Maestro explicou: aquilo não era amor. Era só um desejo. Clara Vitória assustou-se: – "Vá para a capela, já". – "Como queira". Ao vê-lo caminhando, Clara Vitória sentiu que alguma coisa tinha acontecido dentro de si. Quando foi noite, teve mais atenção aos ruídos do quarto de hóspedes. Nada se escutava. Resistiu a uma tentação infernal, deitou-se, levantou-se, remexeu as roupas do armário, bebeu água da botija, mas enfim pensou: que mal ia fazer? Ajoelhou-se na cama e com os nós dos dedos bateu de leve na parede. Sentiu um calor no rosto ao ouvir um leve toque do outro lado. Mas, e se ela estivesse enganada, e fosse outra coisa, um estalido dos caibros do teto? Pensou, suspirou para ganhar coragem e deu três batidas. A resposta foram três pequenos golpes, curtos e macios, quase inaudíveis – mas eram para ela. Pela manhã, não saiu do quarto até que a mãe mandou chamá-la para os bordados. – "Em que está pensando, menina?" – "Em nada". – "Não se pensa em nada". Na hora do ensaio, ela foi para a frente mais uma vez, e de propósito. O Maestro passou, tirou o chapéu e disse *boa tarde*. Nada mudara nele, mas já era outro. – "Maestro". – "Pois não". – "Nada". – "Pois com sua licença..." – e fez menção de seguir adiante. Ela o reteve: – "Está uma tarde bonita". Ele olhou para o céu, concordou que era uma bela tarde. – "Bela como a menina". – E seguiu. Clara Vitória também não usava, entre suas palavras, esta: *bela*. Parou-se ante seu reflexo na vidraça da sala grande e ficou dizendo a si mesma: *bela, bela*. Teve a certeza de que, a partir dali, tudo, o destino e a vida, estavam em suas mãos. E a primeira coisa a ser feita era desvendar os segredos daquele homem. O pai, depois de muito interrogado, deslindou um problema: o Vigário lhe explicara que as marcas que o Maestro trazia no rosto não eram de sífilis, e sim de bexiga preta, a que os doutores chamavam de varíola, uma doença que qualquer pessoa, mesmo as decentes, podiam ter. Ela passou a procurá-lo para falar, escolhendo a hora da sesta, quando a estância morria e eles podiam ficar em liberdade – uma providência inútil, por certo, mas que mal haveria em conversar com alguém que seu pai recebia na própria casa? Jamais falaram sobre os sinais que se deram na parede, e isso estabelecia um delicioso mistério entre ambos. O Maestro possuía uma dicção modulada por carícias, e ela constatou, embora ele nunca o dissesse: era homem muito só, sinceramente só, e tinha apenas a música a acompanhá-lo pela existência. Perguntado, ele contou sua vida em Minas, sua aprendizagem de música, o ingresso no exército e os acidentes todos que o trouxeram para o Rio Grande. O que mais queria era que esquecessem todas as suas confusões, e até achava justo que D. Brígida não gostasse dele. Mas, enfim, fora o culpado, e o passar do tempo iria mostrar que não era mais o mesmo. E queria conservar seu emprego, porque ali estava feliz, não só pela orquestra, mas agora por encontrar quem o escutasse com tanta atenção. – "Eu, Maestro?" – "E quem seria?" Interrompiam-se à hora do ensaio. Ela ia bordar com a mãe, mas os ouvidos ficavam colados à música, procurando lembrar-se a todo momento das palavras que escutava e que ia somando às suas.

Os diálogos entre Clara Vitória e o Maestro logo chegaram ao conhecimento de D. Brígida pela ama de casa, e provocaram uma tormenta. A mãe acusava-a de estar de conversa com alguém que mal conheciam, um velhaco que seduzira a cozinheira, e que estava na estância apenas pelo favor de Antônio Eleutério. Proibiu-a de seguir naquela indecência, imaginasse se Silvestre Pimentel viesse a saber. Clara Vitória escutou tudo isso, mas não fez caso. Numa tarde, o Maestro na capela, ela quis saber mais coisas, e foi até o quarto de hóspedes. De início, nada encontrou de especial: a cama arrumada com capricho, as músicas sobre a mesinha, o baú das partituras, o urinol de estanho... Mas quando já ia embora, temendo ser descoberta, viu, no cabide ao lado da porta, seu postiço de cabelos, perdido desde o concerto da Páscoa. Estava explicado... o Maestro, afinal, tinha-lhe feito um favor. Nada mais horrível do que aquele postiço, que recordava mulheres finadas. Mas não era só isso: o Maestro o roubara, de onde? E o principal: por quê? Logo que pôde, perguntou-lhe por qual razão tinha feito aquilo. – "Eu queria alguma coisa que me lembrasse sempre a menina" – ele respondeu. E sem deixar tempo para que Clara Vitória respondesse, revelou que tinha terminado de escrever aquela canção da qual tinha falado, e era para "a menina". Que prestasse atenção no ensaio daquele dia, logo no início. "Era então para mim?" – ela perguntou só por perguntar, porque sempre soubera disso. – "Sim, só para a menina". Às duas horas da tarde Clara Vitória sentou-se no patamar e deixou-se ficar à deriva do sol e do vento finíssimo. A música iniciou, na capela. Ela fechou os olhos, perdida do mundo: a melodia desenrolava-se no compasso lento do coração de uma criança adormecida, e os acordes insinuavam-se pouco a pouco em sua alma, condensando-se numa paz onde brotava, ao fundo, uma delicada esperança. Era como se o Maestro, à distância, dissesse coisas ao seu ouvido. Ao acordar-se, a música havia terminado, e ele estava ali, e perguntava: – "Sonhando?" – "Nunca vou esquecer o que eu escutei". – "Sempre que eu tocar essa música, saiba que estou me lembrando de você". – E tomou-lhe a mão, segurando-a com ternura. Ela não se lembrava de haver sentido algo igual, uma onda de resistência, e, ao mesmo tempo, de gozo e espanto fascinado: sua pálida mão, cortada por veiazinhas azuis, cabia toda na mão escura e vigorosa do Maestro. – "Clara Vitória. Não deixo de pensar em você". Foi o suficiente para tirá-la de si: disse qualquer coisa, levantou-se, voltou para dentro de casa, pegou o bastidor e recomeçou o bordado, errando os pontos. Por dois dias não se falaram. No terceiro, escutou o Maestro dizer pela janela: – "Não quero que fique triste comigo" –, ao que ela respondeu: – "Não estou triste, estou só pensando". Ele disse que por si, não pensava, pois pensar sobre o amor só amargurava as pessoas. À tarde, Clara Vitória não sabia o que fazer: sua vontade era correr à capela, para vê-lo mais uma vez, mas lembrava-se das proibições, incomodada que a impedissem de uma coisa assim inocente. Mas desafiando as ordens, foi até lá, ficando à porta. O Maestro cantava, na mesma língua que o Vigário usava para os batizados e as missas. Que *bela* voz. Encolheu-se toda quando ele a enxergou e veio convidá-la: – "Por que não entra?" Sim, que mal havia? Veio para o meio da capela, sentou-se. O Maestro voltou para a orquestra e reiniciou seu canto, profundo, lento, atingindo momentos em que Clara Vitória sentia um frêmito pela nuca e que se expandia pela cabeça, deixando-a tonta. Quando cessou, ele olhou-a, fez um sinal para os instrumentistas e começou a música inventada só para ela. Sim, aí a alma se despencava. Saiu pelo meio da música. No quarto, jogou-se sobre a cama. Até quando esperaria? Mais tarde, ouviu baterem em sua janela. Abriu-a. Era o Maestro: – "Saiu antes... não gostou?" O que Clara Vitória disse, foi apenas: – "Gostei. Também não deixo de pensar em si". – E fechou os postigos, ofegante. Estava feito o que tanto esperara. Durante o jantar do dia seguinte, mal escutava o falatório da mãe a respeito de Silvestre Pimentel; Antônio Eleutério dedicava, como sempre, uma atenção dispersa à mulher, tomado por seus projetos para a Lira Santa Cecília. Mas sorveu um gole de vinho, pousou o copo: – "Você está obrigando esse rapaz. Não sei se está certo, isso". – Enfim, precisava dizer alguma coisa. Era o que D. Brígida queria, e passou a queixar-se de que fosse ela que tivesse de levar adiante o assunto do casamento; mas era sua sina conformar-se a um marido que não se importava com nada, nem com a estância, nem com o futuro da filha, só pensando naquela maldita orquestra. O Major já puxava do aparador de mármore um livrão de pauta simples, onde anotava aquilo que sua cabeça não conseguia mais guardar. Apertando os olhos, espiolhando as letras no fundo da memória, escreveu: *preguntar aovigario qualdia a orquestra vaipara a villa.* A mãe levantou-se, indignada, e desapareceu pelo corredor; os irmãos, antevendo o silêncio aborrecido que se seguiria, foram terminar uma partida de voltarete. Clara Vitória olhava para os irmãos, para o lugar vago da mãe, para o pai em seu alheamento, e via-se numa planície de incertezas, sem respostas porque não tinha perguntas, vagando um limbo onde qualquer coisa que fizesse seria possível e justificável. Toda a fatalidade de erros daquela casa, todos os acasos que resultaram em sua fraca pessoa, tudo de repente caía sobre si, deixando-a liberta para qualquer coisa, e, nessa ausência de sentidos via surgir, como o único afeto seguro, o Maestro. Ele jamais a deixaria só, ele a achara bonita, ele tinha segurado sua mão, ele tinha dito que pensava nela. Terminou de comer, ajudou a ama de casa a tirar a louça da mesa e, contrariando a praxe, foi para a cozinha, onde se consumiu entre a lixívia e os esfregões. Depois, perfumou os dedos, esfregando-os com cascas de limão. Sem que vissem, pegou uma garrafa de vinho do pai e foi para o quarto. Sentou-se na cama e serviu um copo bem cheio, bebendo-o de uma vez e estalando os lábios como os peões da charqueada. Logo sentiu um calor bom, e as paredes dançavam à sua volta. Era o que queria. Abriu a gaveta da cômoda, apanhou a tesourinha dos bordados e cortou uma pequena mecha dos cabelos, atando-a com uma fita mimosa. Estava pronta. Era noite adiantada e chovia, quando ela atravessava o pequeno trecho fronteiro à casa, salpicando os cabelos de água, chegando com o coração agitado ao quarto de hóspedes. O Maestro abriu a porta como se já a aguardasse. Dentro, apenas o lampião sobre a mesa dava alguma luz. Ela entrou e disse, mostrando-lhe o pouco dos cabelos: – "Este é meu de verdade". O Maestro fechou a porta e foi ao cabide, onde tomou o postiço, devolvendo-o. – "Agora sim". E pegou a mecha, levando-a aos lábios. Depois ficou imóvel e sério, fixo em Clara Vitória. Jamais ela sentira um olhar ao mesmo tempo tão dócil e poderoso. – "Estou com frio, Maestro". – "Não. Está molhada da chuva". – E apanhou uma toalha de rosto e começou a secar-lhe os cabelos. Ela se entregava àquele balanço da cabeça, as pálpebras cerradas, diluindo-se numa vaga de sensações desconhecidas, e suas mãos como se largavam de si e, procurando, entraram por dentro da camisa do Maestro, e no contato com aqueles músculos tensos, faziam um movimento suave de unhas de encontro à pele. Ele parou, descobriu-lhe o rosto e, segurando-a com suavidade pelos braços, beijou-a no pescoço e depois na boca, revolvendo a língua entre seus dentes. – "Preciso voltar", ela disse, e, afastando-o, voou para seu quarto, onde passou o resto da noite em claro, tentando acalmar-se entre as cobertas. De manhã, tinha os olhos pisados de insônia. Passou o dia imaginando em como apagar os traços daquela libertinagem curiosa que a lançara numa vertigem de escândalo. Conseguira suster-se no último instante, e disso se orgulhava, mas sobrava-lhe como recompensa a palma da virtude, esse agasalho triste e invisível dos que se decidiram a morrer em vida. Seria sempre assim, por todo o resto de seus dias? Quando todos já dormiam, ela custava a decidir-se. O soar de meia-noite no relógio da sala alertou-a para a passagem do tempo. Não, não esperaria mais. Foi ao quarto de hóspedes, e o Maestro recebeu-a com um sorriso. Ela disse: – "Não quero que pense mal de mim". – "Não há mal no amor". – "Era só isso". Indo até a porta, pousou a mão no trinco. Então voltou-se e, dando dois passos, parou à sua frente, encarando-o. Ele a olhava. Sim, sim, que mal havia, naquela noite, naquela estância perdida do mundo, longe de tudo? E num gesto que não parecia seu, desatou com lentidão o primeiro laço da blusa de cambraia, e brotaram os seios. Impaciente mas carinhoso, ele a ajudou a abrir os outros laços, e quando ela estava nua, recuou para vê-la melhor: – "Bela".

Ao amanhecer, agarrada aos lençóis, ela teria tanto a dizer, tantas coisas, tantas, mas apenas conseguiu murmurar: – "Nem senti aquela dor que elas falam". Ele a abraçou, mantendo-a um longo tempo junto de si, e ela viu que ele tinha os olhos úmidos. – "Está chorando?" – "Não. Estou feliz pelo amor que sinto por você".

Passou o dia no brilho das descobertas. Tudo, seu corpo, as pessoas, os campos, mesmo a amplidão dos campos, tudo era novo, pleno de uma nova existência. No brilho do ar azul, o voo dos pássaros gritava de alegria, e as árvores pareciam mais verdes e carregadas de sabedoria. Se antes olhava a vida à distância, como algo a ser desfrutado pelos outros, sentia-se agora como alguém que possuía um lugar, e que lhe estava reservado desde sempre, e sem que ela soubesse. Nascera e morreria, cumprindo um destino igual aos tantos que povoavam a terra. No meio do trabalho do enxoval, sentada à frente da mãe, olhava-a:

era sua igual, agora, capaz de todas as coisas, tendo direito a gozar o mundo por inteiro. E isso ninguém lhe tiraria.

Desde então, as tardes passaram a ser um preparativo para as noites, e ela passou a banhar-se nos momentos mais estranhos, o que levou a mãe a pensar que ela fazia isso para estar bonita caso Silvestre Pimentel chegasse sem avisar. Mas a resposta do rapaz deixou D. Brígida enfurecida: ele queria esperar ainda mais um pouco. Ela, talvez lembrada de sua ancestralidade bandoleira do Caverá, perguntou-lhe se afinal tinha alguma intenção de casar-se. Caso não tivesse, era bom que não aparecesse mais na estância. – "Não é isso, D. Brígida. Eu quero..." – "Pois que merda, se case". Acabaram por marcar o noivado para o primeiro domingo do Advento. Clara Vitória, na mesma noite, comunicou o fato ao Maestro. Ele disse, numa pensativa tristeza: – "E serei eu a compor a música para a festa". Ela ficou como uma louca, arranhou-lhe o rosto e bateu-lhe com os punhos no peito nu, até cansar. – "Calma. Era só um modo de dizer". Mais uma vez riram, e rolaram na cama com tal ruído que tiveram de conter-se ao ouvirem sinais na casa. Amaram-se, de uma forma lenta e silenciosa. Quando começava a clarear, ela vestiu-se, e, antes de sair, ainda disse: – "Eu morro antes de casar com aquele homem".

O Vigário, ao saber que o assunto do casamento tomava corpo, veio felicitar Clara Vitória. Um rapaz bom, de bons modos, bom católico, dentro em pouco seria proprietário... Antônio Eleutério passava ao largo desses preparos. Com os ouvidos ausentes, escutou o relato da esposa e soube da alegria do Vigário. Naquela tarde estava na sala grande, junto com o Maestro e os músicos, arrumando as coisas para a viagem que fariam a Rio Pardo. Antes de voltar à supervisão da embalagem dos tambores em dois engradados de pinho que mais pareciam gaiolas de avestruzes, disse: – "Pois está arranjado, não? Me fale na volta". Na volta, ela falou. Mas ele estava tão possuído pelas recordações recentes que era como se não estivesse ali, e sim ainda em Rio Pardo e nas vilas onde apresentou a *sua* orquestra. – "Esse velho está perdido para o mundo" – D. Brígida disse à filha. Clara Vitória também não a escutava: sentira tantas saudades que esperava a noite como uma noiva aguarda a madrugada das núpcias. Ao cessarem os movimentos da casa, correu ao quarto de hóspedes. Mal entrou, jogou-se nos braços do Maestro sem dizer palavra, entregando-se com uma fome de semanas. Meia hora depois, conversavam baixinho, e ele contava a grande repercussão que a Lira tivera em Rio Pardo: o Bispo até quisera levá-la para Porto Alegre. – "Nem pense nisso"– ela disse, séria. – "Nunca. Meu lugar é aqui, do seu lado". Clara Vitória então quis saber como se vestiam as mulheres de Rio Pardo. – "Nem olhei. Só pensava em você". – "Está mentindo". – "Olhe" – e fixava-a: – "se eu mentir para você, sou um miserável, e nada mais me sobra de honra". Pela manhã cedinho ela retornou, exausta, mas feliz por constatar que tudo estava como antes. Logo começavam os calores de uma primavera precoce, aturdindo os pássaros e despertando a letargia das árvores. Houve o início dos *concertos campestres.* A Lira Santa Cecília vinha para a frente da casa, e, sob o umbu, realizava suas tocatas para a família e os convidados. O Major via acrescida sua fama; muitos continuavam achando uma extravagância o fato de ele gastar dinheiro e tempo com aquilo – mas sempre vinham, e o número aumentava a cada domingo. Paracleto Mendes, na qualidade de principal amigo do Major, encarregava-se de convidar pessoas que ainda não conheciam a orquestra. Silvestre Pimentel parecia rendido ao inevitável das bodas; ficava, é claro, bastante confuso com a data do noivado. O Vigário, chamado a esclarecer, disse que o primeiro domingo do Advento seria a 30 de novembro. E com suas antevisões meteorológicas, decifradas nas fases da Lua, e, muito em segredo, pelas linhas do Zodíaco, assegurou que deveria fazer bom tempo. Para o Major, seria ocasião para mais uma das celebrações fantásticas, e destinou à festa uma novilha e três ovelhas. Pediu ao Maestro que compusesse uma música especial, "uma daquelas bem bonitas". Clara Vitória mortificava-se ao ver o Maestro à mesa do quarto de hóspedes, compondo, e disse-lhe que ele até parecia estar gostando daquele noivado. – "Noivado, Clara Vitória, ainda não é casamento".

No adro, o Maestro repassa as ordens aos músicos. É a primeira vez que tocará com a Lira naquela igreja em que consumiu três anos de sua vida. Quer uma apresentação inesquecível, e não admite a ideia de que algo possa dar errado. Preparou um concerto de peças que inclui um trecho de concerto de Pergolesi e vários e breves motetes orquestrais de Palestrina, todos de forte sabor religioso e sempre agradáveis aos ouvintes mineiros. No dia anterior esteve ensaiando, unindo o temperamento dos músicos, e disse-lhes que se tocassem bem talvez o Major lhes aumentasse o salário. Num breve olhar para dentro da igreja vê que Clara Vitória saiu do seu lugar, indo para a frente da assistência. Melhor: ficará mais perto dela. Volta-se para os músicos e toma-se de constrangimento: Silvestre Pimentel apeia e, todo lampeiro, cruza por ele, mal o cumprimentando. Não tem nada para gostar desse homem, mas também não lhe quer mal. Na trama da vida, Silvestre é alguém que, como ele, enredou-se numa história sem saída. – "Maestro" – Rossini o interrompe – "hoje o senhor tem de esquecer tudo, e pensar só na música". O Maestro encara seu rabequista principal: – "Bom que você me lembre disso". Não é por nada: Rossini ontem procurara-o para entregar algumas músicas recém-copiadas e aproveitou para dizer-lhe que o via mal atento, irritado, exigindo demais dos músicos, o que era? E, tomando uma liberdade que apenas ele poderia ter, perguntou se era por causa da menina. – "Sim" – o Maestro respondeu. Já sucumbido à evidência, aliviou-se do peso que o esmagava: – "Essa menina me deixa louco de amor, nunca senti isso, antes". – "*Amantes amentes*" – disse Rossini, num suspiro –, "essa é a outra frase em latim que eu sei: os amantes ficam dementes. Venha cá". – E foram sentar-se debaixo do umbu. Rossini levara junto a rabeca, e, como sempre, fazia-a luzir com o óleo de amêndoas. – "O senhor deve considerar dois fatos: o primeiro, o senhor gosta de Clara Vitória e ela gosta do senhor, e foram longe nisso, não precisa negar. O segundo, a menina está de casamento marcado". – "Bela conclusão..." – o Maestro disse com ironia . – "E se esse amor é assim forte" – Rossini continuava – "só poderá acontecer uma coisa". – "O quê?" – "O que sempre acontece nas óperas: uma tragédia". O Maestro recuou, sentindo calarem as veias do corpo. – "Porque, Maestro, estamos entre gente gaúcha, que resolve tudo na adaga e no tiro. E Clara Vitória não se comanda, nesse novelo todo". – "O que me sugere, então?" – "Que esqueça a menina, já ". – "Antes morrer, Rossini. Ela para mim é mais necessária que o ar que eu respiro". – "Não disse? *Più necessaria dell'aria che spiro... bravo.* Está aí a ópera. Só espero não ser eu a fechar o pano".

Hoje, em seu banco, à espera do concerto, Clara Vitória vê que Silvestre Pimentel chega, cumprimenta a todos e vem sentar-se ali junto à família, sério.

E ela retoma suas lembranças.

D. Brígida chamou-a a seu quarto. A mãe estava sentada frente ao espelho, e passava no queixo ensaboado a navalha do marido – jamais admitiu possuir uma navalha exclusiva: o provisório do arranjo sempre era um indício de que ainda esperava a cura dessa doença peculiar. – "Você deve uma visita ao Barão. Está lá, estatelado, morre não morre". Era sua maneira de dizer que a filha precisava encontrar-

-se com Silvestre. Clara Vitória sentiu a insídia, mas como a alegação era forte, não pôde recusar. À tarde, rumaram numa charrete guiada por um escravo, vencendo a distância em uma hora. Foram recebidas pela Baronesa e por Silvestre. O quarto do enfermo, apesar de todo o capricho da esposa, tresandava um odor vegetal de remédios e cânfora. No fundo da cama, e imóvel pela apoplexia, o Barão mal girou os olhos ao percebê-las, já conformado aos propósitos da morte. A esposa fez um ar alegre, disse-lhe que tinha visitas, e o infeliz parece que tentou ser amável com um sorriso, mas não passou disso. Ficaram por ali, conversando junto à cama, até que a visão da doença sem volta tornou o ambiente insuportável. A esposa levou-as para um chá na sala grande. Clara Vitória olhou para o canto onde estava o piano, tapado com sua eterna colcha, e sorriu por dentro. D. Brígida, sentando-se ante a mesa de doces, disse à anfitriã que chá era coisa para velhas, e sugeriu que os jovens dessem um passeio. A Baronesa achou boa a ideia e pediu que Silvestre levasse Clara Vitória para ver os pêssegos, muito bonitos nesse ano. – "E peguem essas broas para comerem, e levem junto uma criada". Silvestre foi obrigado a convidar Clara Vitória. Saíram os três para o pomar. Ele ia explicando que a maturação dos pêssegos estava espantando todo mundo, e que iriam ter uma safra enorme. O lugar ficava longe, e precisaram circundar a mangueira de pedras, cruzar pela horta e abrir porteiras, acompanhados pelo olhar das vacas e pelo voo barulhento dos quero-queros. A certa altura, Clara Vitória sentiu-se aborrecida com a criada, uma vesga que ficava de olho torto cravado neles. Pediu a Silvestre que a mandasse embora. Ele primeiro ficou em dúvida, mas depois disse à criada que os esperasse na segunda porteira. – "Falta muito?" – Clara Vitória perguntou. – "Pouco". De fato: logo estavam no pomar, debaixo dos antigos pessegueiros. – "Uma beleza" – ela disse, recuperando-se. Silvestre passou a explicar as diferentes variedades que possuíam na estância, e as intricadas enxertias que eram obrigados a fazer. Por ora ainda estavam verdes... – "Veja"– ela disse, descobrindo, à distância, um esbelto e dourado lobo-guará que passava rápido entre a vegetação. – "Curioso. Eles em geral aparecem no fim do dia". Silvestre ficou um instante em silêncio: – "Veio dar boas-vindas para a moça bonita". – "Ora..." Pelas cinco horas, ele ponderou que deveriam voltar. Afinal, não era bom que ficassem tanto tempo ali, o pessoal podia inventar bobagens. – "Mas não somos quase noivos?" – e Clara Vitória já se arrependia antes de terminar a frase. Silvestre Pimentel passou o lenço pelo rosto, tenso e sem palavras. Reuniram-se em silêncio depois à criada e voltaram, encontrando a esposa do Barão e D. Brígida à frente da casa. Despediram-se, e, no trajeto de volta, a mãe tentou de tudo para saber o que havia acontecido, e se o homem tinha comentado alguma coisa do noivado. Clara Vitória manteve-se irredutível em não falar – com isso, deixava os vazios intencionais que eram a sua sabedoria. D. Brígida fechou-se em sua capa de merino e mandou que o escravo apressasse os cavalos. Nada havia acontecido. Depois de verem o lobo-guará, Silvestre e Clara

Vitória sentaram-se num tronco caído, mastigaram sem gosto as broas e escutaram o alarme das caturritas. Ali, ela tolerava a presença daquele homem, tão formoso e tão inútil. À noite, no quarto de hóspedes, enlaçados e nus sobre a cama, ela contou ao Maestro o que acontecera. Ele a ouviu sem nenhuma reação visível. – "O casamento está cada vez mais sério" – ela disse – "e você nem se importa..." Ele olhava para o teto: – "O que posso assegurar é que não se realiza". – "E por quê?"– "Porque você é minha e para sempre". Isso foi dito de forma tão definitiva que Clara Vitória impressionou-se. E se ele tivesse poderes?

Ao ver que a orquestra entra entre os bancos da igreja, conduzida pelo Maestro, ela atenta: é também um varão bonito naqueles belos trajes, desempenado e forte, mas capaz de esperar, paciente, que os músicos se instalem; depois, passando de um a um, incentiva-os com um afago nos ombros, e dá ordens a Rossini. Não é mais o bruto, o que gritava com eles ao menor deslize, e nessa mudança ela enxerga algo de si.

Mas tudo o que acontece neste dia, acontece por culpa do Vigário: ele vai para a frente da orquestra e ensaia um sermão, lamentando a pouca fé dos paroquianos, que deixam não apenas que o templo se degrade, mas que não dão a menor importância à Vila, fazendo com que ela sirva de chacota às outras vilas da região. Chamou-os ali para celebrar o dia do Santo padroeiro, mas principalmente para que imitassem o exemplo do Major, "que nos trouxe essa maravilhosa

Lira Santa Cecília, e que aqui está presente com toda sua estimada família"... "onde se vê essa flor dos nossos campos, a menina Clara Vitória, ali feliz ao lado de seu prometido esposo". Aí, tudo é muito rápido: ela mal percebe que Silvestre Pimentel se inclina para o lado e já cai ao piso, num estrépito de ossos. Correm, as mulheres o abanam com leques, o Vigário toma-lhe o pulso e os irmãos de Clara Vitória o erguem pelos ombros e o levam para o adro. O Major, ouvindo do Vigário que o caso era passageiro – "um bom chá de macela resolve essas perturbações do sangue jovem" –, levanta a voz e fala que o concerto pode ter início, que o moço não ficará sem que alguém cuide dele. O Presidente da Câmara oferece sua casa, bem ao lado, e D. Brígida ordena à filha que vá cuidar de Silvestre Pimentel, porque todos precisam voltar para a igreja. Clara Vitória quer resistir, mas como o olhar da mãe traz lembranças abomináveis, resigna-se a acompanhar o cortejo no qual Silvestre é conduzido em braços para a casa do Presidente da Câmara, e depositado no outrora quarto do casal, sobre uma colcha de cetim.

Na igreja, comandando sua orquestra, que agora toca Pergolesi, o Maestro perde o tino dos próprios movimentos: viu Clara Vitória submetida às ordens da mãe, viu-a sair desvelada com Silvestre. E se o rapaz morre?... Ridículo esse pensamento de desespero: será sempre assim: há uma força imensa a separá-los, mas não conseguirá mudar o destino de seu amor. Olha para Rossini, que lhe dá uma piscadela em meio às arcadas da rabeca. Isso o conforta, e ele se concentra: irá dar uma surpresa a Clara Vitória.

No quarto com Silvestre, Clara Vitória primeiro assusta-se com aquele tamanho de homem, que esmaga a cama sob seu vigoroso peso de macho – seria horrível tê-lo por cima de si. Depois, entregando-se em seu dever, ela segue as instruções do Vigário, pede a uma criada os ramos do chá, prepara-o como sabe e leva-o aos lábios de Silvestre, que aos poucos começa a despertar, perguntando o que aconteceu, ele estava bem, antes... A última coisa que se lembra é do sermão do Vigário. Ela lhe responde que foi apenas um desmaio ao ouvir falar no casamento, nada demais, e que fique quieto. O concerto segue, na igreja. Ficam um longo tempo ali, ela ao lado, obrigando-o a beber a infusão. Enquanto os sons da orquestra entram pelas janelas, Clara Vitória vai reconhecendo o que tocam, e é com uma alegria feroz que percebe a *sua* música, o pulsar do coração. O Maestro não se esqueceu dela. Silvestre agora quer sentar-se na borda da cama e olha em volta, meio tonto, passando as mãos pela testa, queixando-se de dor de cabeça e lamentando seu papel vergonhoso. – "Deite-se" – ela diz, e, vendo o rapaz afogado na camisa, abre-a, descobrindo o peito. – "Isso, feche os olhos". – E, como se sua mão fosse conduzida por outra, mais forte e implacável, toca-o com a ponta dos dedos, sentindo a umidade da cútis sob a camada de pelos tempestuosos. *Quantas iam querer isso, quantas*, mas tem de levantar-se para ir à janela, sorver o ar fino e engolir aquela espécie de amargor que lhe vem à garganta a qualquer momento, desde que se soube grávida.

4

OS DIAS CORRIAM PLÁCIDOS RUMO AO VERÃO, e Clara Vitória, nua, olhava-se. Os bicos dos seios adquiriam a auréola rosada que substitui a alvura, e a lentidão travava seus movimentos. Via com novo cuidado o girar dos círculos da natureza e da índole variável das mulheres – os homens eram sempre os mesmos, em sua insensata masculinidade, enquanto as fêmeas viviam à mercê dos caprichos das mudanças de Lua: as escravas e criadas, vítimas de maldição repetida, emprenhavam com a facilidade das lebres, avolumavam suas barrigas à vista de todos, inchavam as pernas, choravam por qualquer coisa, e os partos aconteciam entre líquidos bárbaros e urros. Mas Clara Vitória era única, em sua gravidez de pública donzela. Passou a fazer os cálculos de seu corpo para saber quando daria à luz, mas se perdia nas somas e subtrações dessa matemática incerta. Precisava falar com uma mulher, qualquer mulher, para perguntar as minúsculas preocupações de quem espera um filho: mesmo as virgens e as estéreis teriam o que lhe dizer. A mais próxima era a ama de casa, mas falar-lhe seria o mesmo que clamar a novidade aos quatro ventos. Adquiriu rara paixão pelas horas depois do jantar. D. Brígida recolhia-se aos santos do oratório, no comando de uma legião de negras a quem tiranizava; os irmãos iam para o quarto e se afundavam nos catres de campanha, roncando como porcos; Antônio Eleutério abria o livro de notas, na tentativa de escrever para "treinar a mão" – e ela estava livre para a noite. No quarto de hóspedes esquecia tudo. Gostava daquele ambiente pequeno e limpo, temperado pelo sublime da música, gostava das palavras que o Maestro dizia, gostava de entregar-se sem pensar, na delícia do momento; por fim, gostava daquela quietude morna que se segue aos esforços do amor, e não fazia caso da exígua cama de solteiro, onde ficavam, entre dormindo e acordados, até começarem os primeiros ruídos da casa. Quando o capataz abria a portinha do galpão e dizia "um dia que vem, outro que se foi, ô vida triste", era o sinal: Clara Vitória dava um beijo nos lábios do Maestro, punha as chinelas de corda, deitava a capa de zuarte sobre os ombros, vinha para outro beijo e saía. Ficava em seu quarto, na modorra, até que os sons da estância se definiam.

O Maestro dedicava-se com vigor aos preparativos do ensaio, tentando acomodar as músicas às habilidades dos praticantes; chamava Rossini e com ele discutia: o que achava, os músicos poderiam executar aquela instrumentação? Rossini dava uma vista sobre as pautas e quase sempre recomendava suprimir o excesso de notas, "de que adianta, se eles não conseguem tocar todas? Deixe só as fundamentais dos acordes". – "Mas vai ficar pobre, assim". – "Antes algo pobre, como o senhor diz, mas que eles entendam e executem, do que um monte de notas que vão acabar soando como miado de gato. Quanto aos estancieiros, não sei, mas o Vigário é certo que vai notar". Sorriam, benevolentes, dos amadores conhecimentos musicais do sacerdote. Depois o Maestro, sério, apagava, simplificava, alterava tonalidades, até o ponto suportável pela Arte. – "Veja agora, como é que ficou?" – "Isso eles conseguem tocar. Ademais, a música deve ser simples e clara para merecer esse nome. Mostre-me um compositor cheio de invenções de contraponto e aí estará um compositor vazio. Só escapam Bach e Mozart". De Mozart o Maestro tocava algo, e não gostava, mas de Bach nunca ouvira falar, quem era? – "Um grande alemão, Maestro. Não é da minha preferência, porque gosto mesmo de ópera, mas tenho de reconhecer que era grande, difícil e sublime, e pouca gente no Império sabe que ele existiu, meu Mestre mal conhecia". Passavam a falar de José Maurício. Rossini tinha seus juízos: – "Também um grande músico, e pardo como o senhor..." – O Maestro sentiu uma vergonha imediata: – "Isso é novo para mim..." – "Então? O senhor tocava a música e conhecia a fama do Mestre José Maurício, e sem saber se era pardo ou preto, não é o que interessa? O mal é que muitos consideravam ele um depravado, porque tinha filhos de sacristia". – "Era padre..." – "Sim. Recebiam o infeliz nas casas porque enfim precisavam dele, era um músico". – "Tal como eu". A ambiguidade da observação fez Rossini dar um murro no joelho: – "Caramba, Maestro! É uma perda de tempo ficar se amargurando com essas coisas. Tem casa, tem comida, tem seu salário, tem sua orquestra, o que um músico pode querer mais?" – "Mas sei que eles pensam..." – "E daí? Deixe pensar. Se todos nós soubéssemos o que os outros pensam de nós, a vida seria um inferno". Rossini tornava-se, assim, o conselheiro que estava faltando. O Maestro porém se inquietava quando ele ia além do pedido, estendendo-se em outros assuntos. Um dia, vagando os olhos pelo quarto, reparou nos vestígios femininos que qualquer homem reconhece: – "O senhor sabe o que está fazendo, imagino". O Maestro sentiu a cabeça abrasada: – "Sei muito bem". – "Toda paixão um dia passa". – "Menos essa. Eu vivo pela menina" – dizia isso para si mesmo, e com isso despertava mil considerações em Rossini. Para o rabequista, o amor tinha períodos, co.mo os da Lua: iniciava cheio e brilhante, para depois ir minguando, minguando, até desaparecer entre as nuvens. Valeria a pena arriscar-se tanto? – "Rossini: não é depois de velho que vou amar".

E amava cada vez mais, com todos os nervos agitados de seus membros. As palavras das canções, que antes ele proferia na irresponsabilidade de artista, as letras dos poemas mineiros, os mil artifícios que um compositor põe em suas músicas, tudo clamava essa verdade. Caía num estupor de presságios quando não estava com Clara Vitória. A experiência mais dolorosa era durante os concertos: cercada pelos seus, por todo aquele povo nobre que acorria à estância, ela passava a pertencer ao mundo dos brancos e ricos, cujos códigos ele jamais poderia atingir. Depois, durante as danças na sala grande, exasperava-se ao enxergá-la enlaçada por Silvestre Pimentel, conversando, bailando a música que ele, Maestro, fazia tocar. E a maior prova de seu amor: nos momentos de ausência, a imagem de Clara Vitória surgia em suas ideias como uma forma diluída, e lembrava-se apenas da luz verde dos olhos e do timbre de sua voz, reconstituindo algumas frases que ela pronunciava. – "É maldição, estou louco" – uma vez ele disse, largando o lápis sobre uma partitura difícil. Enxergava-a, no terreiro, na sala grande, a secar os cabelos no patamar, mas não era suficiente. Apenas ao desfazer aqueles cabelos, ao desbravar com sofreguidão nervosa aquele corpo, e sempre era como pela primeira vez, alcançava alguma paz.

Clara Vitória descobria que gostava de falar. O Maestro dedicava um largo tempo a escutá-la, sentado à mesinha, olhando-a com uma rigidez tensa que, às vezes, a perturbava: – "Não está me ouvindo". – "Estou. E vou ouvir por quanto tempo você quiser". – "Não vai escrever música, hoje?" – "Isso pode esperar". – "Não. Escreva" – e ela se deitava, a mão sobre o ventre, observando-o. Ele abria o papel com as pautas, aumentava a chama do candeeiro, fazia a ponta no lápis com um pequeno canivete de prata e começava a rabiscar as notas, assobiando às vezes, em busca de uma inspiração. Via-o de perfil, mas como todos os perfis são iguais, pedia-lhe que se voltasse para ela. Ele obedecia. – "Como você é bonito". – Era, sim, dotado de um modo que ia além da sua pessoa, talvez fossem as lembranças das terras das Minas que se misturavam naquele rosto. Não haveria uma face igual àquela, aquela testa aberta, os lábios sempre úmidos e um queixo preciso, que por vezes pulsava sob a pele. Talvez sim, isso fosse sinal de um homem bonito. – "Pode escrever" – ela dizia, as pálpebras já ásperas pelas poeiras do sono. Acordava-se quando ele vinha para a cama. Numa daquelas noites esqueceram-se de tudo, e já havia sol no instante em que ela abriu os olhos. – "E agora?" – "Agora você espere". – O Maestro levantou-se e foi até a porta, olhando para fora. – "Pode sair". Ela vestiu a saia e pôs a blusa pelo avesso. Ele disse, numa censura preocupada: – "Mas se sair assim e encontrar alguém, vão notar" – e ajudou-a a trocar-se. – "É preciso mais atenção, daqui por diante".

Quando Clara Vitória fechou a porta de seu quarto atrás de si, ao ver o leito coberto pela mortalha dos lençóis perfumados e frios, ao contemplar a pequena imagem de Nossa Senhora das Graças, aqueles olhos de esmalte, extáticos e virtuosos a fixá-la, foi como se uma tempestade desabasse em meio a um dia límpido: possuída pela súbita consciência da insânia que vinha praticando, não conseguiu segurar uma golfada de vômito que se espalhou pela esteira do piso e sobre os chinelinhos. O gosto ácido corroendo a boca, olhava perdida para o chão, repetindo "desgraçada que eu sou, uma puta, desgraçada, desgraçada, uma puta". As palavras, proferidas em voz alta, deram-lhe lucidez: foi à cozinha e pediu um pano e um balde cheio de água, enfrentando o rosto espantado da ama de casa. De volta ao quarto, ajoelhou-se a limpar a imundície. Ao devolver o balde à ama, esta perguntou-lhe se não estava se sentindo bem. – "Por quê?" A mulher olhou de viés para o balde, para o pano que boiava na água suja. – "Por nada" – e pegou o balde, levando-o para fora. Nascida na estância ao virar do século, a ama foi ganhando tanto vulto que notavam quando ela não estava por perto. O grisalho dos cabelos dava-lhe um ar de matrona estancieira, e porque usava um avental impecável, todos diziam que era mais limpa que a patroa. Como durante a revolução fora o braço direito de D. Brígida, e por causa de seu sobrenome, ganhou o apelido equívoco de Siá Gonçalves. Jamais alguém explicou como aquelas duas mulheres difíceis se entendiam. Tinha a Siá Gonçalves a qualidade de saber de tudo, desde o alecrim das linguiças até as dívidas não pagas nos bolichos. E alardeava tudo isso, como se fosse insuportável reter só para si. Mas ninguém a considerava má, era apenas uma mulher que deveria existir. Clara Vitória, que nunca tivera motivos para temê-la, hoje começava a pensar.

O Maestro via-a mais lenta, com uma suave luz e dada a repentes de humor: ora vinha alegre, procurando mil razões para rir, perscrutando todos os cantos do quarto, à procura de alguma coisa que ainda não conhecesse: exultava ao descobrir uma camisa, uma gravata – uma noite fez com que ele vestisse a casaca negra dos concertos e ficou a olhá-lo, num abismo de prazer; em outras ocasiões estava irritável, exigindo mais cuidados, chorava como uma criança a uma palavra mais leve, julgando-se abandonada. Ele então lhe dizia que ela era sua, era o seu amor. Clara Vitória se acalmava, abraçava-se a ele e pedia que, acontecesse o que acontecesse, ele nunca a deixasse. Só, o Maestro custava dormir, tomado por pressentimentos, e certa madrugada atirou as cobertas: tudo isso, esses repentes, só poderiam ter uma explicação. Mas não queria convencer-se: falou a Rossini, que o ouviu com um sorriso de quem já sabia. Quando o rabequista ia dar o seu palpite, ele o calou: – "Não é preciso. Sei o que vai me dizer". – "Se sabe, então é hora de agir, e não deixar que a ópera se complete". – "Eu precisando de uma palavra e você me vem com fantasias." – "As óperas podem ser uma fantasia, mas todas vêm da vida".

No final do mês, a estância se desfazia num calor vagaroso e úmido, apenas cortada essa sonolência nos domingos de concerto. Eugênio e Bobó dormiam com as galinhas, levantavam-se à meia-noite, tomavam mates em pé, terminavam de vestir-se e iam para a charqueada, retornando pelas dez da manhã, fedendo a sangue e graxa: dessa altura em diante, o sol impedia qualquer tipo de trabalho. Evitavam o quarto, jogando-se para dormir em qualquer parte, a boca aberta, sem se molestarem com as moscas e com a intensa luz. Andando a esmo pelo terreiro, alagada em seu vestido de chita leve, Clara Vitória não encontrava destino. Sentava-se na raiz de uma figueira, abria as pernas e erguia o vestido até os joelhos à busca de algum frescor – e fechava os olhos ao escutar a *sua* música, com a qual o Maestro iniciava os ensaios. Depois, ao chamado da mãe, ia para a sala grande. Procurava ocupar-se com o enxoval, que no entanto lhe trazia a lembrança aguda do tempo; as poucas idas ao oratório não ajudavam, pois os santos cristalizavam-se em seu orgulho celeste, pesarosos com as graves questões do mundo. Pensou, e mais de uma vez, em certa anciã ao fundo do campo que, com a mesma disposição leve, tanto ajudava a pôr crianças no mundo como, de acordo com o pedido, as impedia de nascer. A ela recorriam as criadas que davam mau passo e, diziam, também algumas senhoras de qualidade. Arrepiou-se: lembrava-se de quando via essas criadas, depois, pálidas e com as pernas bambas, vítimas de febres e ainda tendo de manter segredo, pois o Major – que sempre tratou a velha de *Siá Parteira*, fingindo ignorar suas outras destrezas –, se soubesse, não teria com elas nenhuma espécie de generosidade. A mãe, na inconsciência de mulher da terra, largava sua voz de papagaio a contar as semanas que faltavam para o noivado, pedindo a toda hora ao marido que escrevesse no livrão o nome de mais uma família a ser convidada. Teve um grande sobressalto ao constatar que a filha estava sem roupa adequada para a festa. Chamou com urgência a costureira de São Vicente, que veio no dia seguinte para tomar as medidas: fecharam as janelas e portas da sala grande, deixaram Clara Vitória em anágua e corpete, e a mulher desdobrou sua fita métrica e mediu-a desde o topo da cabeça até os calcanhares; como sabia escrever números, apontava-os com um grosso lápis de marceneiro num pedaço de papel. Depois verificou a largura dos ombros, da volta dos seios, anotou, e, ao enlaçar a fita em torno da cintura, assobiou baixinho, espantada, olhando para Clara Vitória. Ela respondeu: – "Engordei um pouco, perto do verão é sempre assim". A costureira, a quem os anos de prática deixaram-na sábia para esses segredos familiares, voltou os olhos para a fita e retomou seu trabalho; mas antes de sair disse em segredo a Clara Vitória que pretendia deixar uma folga na cintura, "se por acaso a menina engrossar mais..." – "Faça isso".

Nessa noite, o Maestro recebeu em seu quarto uma sombra. Muda, Clara Vitória procurou a cama, deitou-se e fechou os olhos. Ele aproximou-se e tomou-lhe a mão, sem fazer perguntas. À claridade âmbar do candeeiro, sem a luz dos olhos, o semblante de Clara Vitória assumia um tom opaco, como se lhe tivessem subtraído a vida. Mal respirava, envolta em seus delírios. Num repentino sonho da imaginação, viu-a num esquife, cercada de flores lutuosas. – "Clara Vitória...?" – ele murmurou, quase em lágrimas. Ela abriu as pálpebras, mas as pupilas vagavam pelas paredes, como se não reconhecesse onde estava. – "Clara Vitória..." – ele repetiu ao seu ouvido. Ela, enfim, fixou-o. Mas o que o Maestro percebeu foi um misto de desespero e incompreensão. – "Clara Vitória. Não me diz nada?" Alegrou-se quando ela estendeu os braços e enlaçou-o, beijando-lhe de leve os lábios. Recuperava-a, mas foi por pouco, porque logo ela recaía em sua assustadora imobilidade. Ele ali ficou, velando-a, até que sentiu os primeiros ruídos no terreiro. Fez com que se levantasse, e como quem encaminha uma sonâmbula, levou-a para fora. Viu-a dirigir-se trôpega em direção à porta da casa. Apenas quando a escutou dentro do quarto é que pôde descansar. À tarde, a conversa com Rossini de nada adiantou: o rabequista estava insuportável com suas teorias fantasmagóricas sobre a ópera e a vida. Largou-o com rispidez: – "Você só pensa na música".

No mesmo momento, em seu escritório canônico, o Vigário concluía que os pecados da estância do Major Antônio Eleutério seriam já tantos que impunham uma nova confissão geral. A última fora na desobriga da Páscoa; ouvira desde o último dos escravos até os donos da casa. Era dotado de resignação bíblica para esse gênero de trabalho, não apenas porque aumentava seu tesouro de créditos espirituais, mas porque, no instante sagrado da absolvição, podia disseminar conselhos que, em outras circunstâncias, não seriam ouvidos. E recebiam-no bem por todo o lado: afinal, era uma vantagem acertar as contas com Deus a domicílio – quanto a ele, para o mesmo fim, devia viajar a São Gabriel e aturar seu colega, um cônego arruinado que mais desejava queixar-se da irrisória côngrua dos padres do que ministrar o Sacramento. De qualquer forma, o Vigário tinha a dolorosa certeza de que essa gente perdida pelos rincões de sua paróquia jamais iria a São Vicente para confessar-se. Tomado por esses projetos nobres, foi à estância. Lá, recebeu as homenagens e instalou-se numa cadeira de braços da sala grande, ao lado da qual pôs o costumeiro genuflexório de D. Brígida. Beijou a estola, pendurou-a no pescoço magro, aguardando seus confitentes. Não ignorava o que iria encontrar: ao lado das faltas imaginárias, dos deslizes exagerados pelo temor do inferno, dos escrúpulos de carolices, haveria os pecados graúdos, os verdadeiros, os quais entretanto perdoava; mas duvidando dos arrependimentos e para reforçar os conselhos, impunha penitências de tal estrondo que todos saíam com a perigosa vontade de não serem mais cristãos. Iniciou como sempre pela escravaria, que ele pouco escutava, pois os negros mais sofriam do que pecavam; depois foi a vez da criadagem, na maior parte de temperamento propenso às velhacarias, além de roubos furtivos e intrigas – mas em seus pecados havia muito de ingenuidade; por último, vieram o Major e D. Brígida, seguindo-se os filhos, em rígida hierarquia de idade. À família, sim, dedicava uma atenção severa – se pecavam, não era por desconhecimento das leis divinas. Ouviu-os com calma, atento aos subentendidos que poderiam disfarçar alguma *restrictio mentalis*, e tinha de interrogá-los muito, numa tarefa extenuante. Ao fim, percebendo que Clara Vitória se ajoelhava, suspirou: aquela cândida menina lhe traria algum frescor à alma. Mas a primeira coisa que dela ouviu foi: – "Não tenho pecados". Ele se acostumara às surpresas do confessionário: – "Todos temos, minha menina". – "Tenho, mas não quero dizer". Começava o caso a complicar-se. O Vigário então gastou um ou dois argumentos teológicos para convencê-la, mas inteirando-se que não era compreendido, resolveu ser positivo: – "Você pode morrer em pecado". – E já lastimava ter dito isso, pois, para as mulheres, a morte pessoal jamais é motivo de angústia, porque têm mais com que ocupar-se. A resposta confirmou: – "Não vai acontecer comigo". Um pouco incomodado, ele passou a enumerar as síncopes que colhem as pessoas dormindo, as picadas de cobras, os raios que vêm do céu, os nós nas tripas. Como ela podia achar que essas coisas nunca iriam suceder a ela? – "Deus não quer mal a quem sabe o que é o amor". Palavras estranhas, que encobriam algo. Decidiu alertá-la: não sabia quais eram os pecados que ela não queria confessar, mas havia falado em amor, e amor era um sentimento que deveríamos dedicar apenas a Deus. Se ela tivesse atentado contra o sexto mandamento, que refletisse, que pensasse nisso: os jovens deviam manter a castidade até se casarem, pois o corpo humano era o templo do Divino Espírito Santo. Uma coisa ela não poderia esquecer: mesmo não sendo uma exigência do Código Canônico, ele não oficiaria o matrimônio sem confissão completa. – "Sim, padre. Mas não saio daqui sem sua bênção". Isso foi dito com tal sinceridade que ele suspirou: – "Já que você se obstina, que Deus tenha compaixão de sua alma e lhe abençoe. Mas voltaremos a falar". Clara Vitória fez o nome do Padre e levantou-se, rápida. No almoço, ele a observava. Ganhara em beleza desde a última vez, e ostentava uma claridade nova no rosto, embora a pele tivesse alguns pontos túrgidos, que ele quis atribuir à alimentação gordurosa e aos incômodos das mulheres. O que ele não daria para saber? E de repente, fingindo casualidade, perguntou a D. Brígida: – "Como vai o nosso moço Silvestre Pimentel?" Ora, respondeu D. Brígida, lá estava, cuidando do tio doente e da tia, esperando o noivado. Clara Vitória e ele se davam muito bem, até haviam feito um passeio juntos ao pomar dos pêssegos do Barão... O Vigário irritou-se: o que essa mulher tinha na cabeça? Pomar de pêssegos? Terminado o almoço, e antes de ir para a sesta, ele a chamou: – "Não permita mais que eles andem sozinhos". – "Tinha uma criada junto". – "Mas o Maligno sempre encontra ocasião". – "Assim o senhor pensa, padre". – "Sei o que digo". – Com isso quis lançar uma dúvida, que no entanto não fez impressão no fraco entendimento de D. Brígida. Ao acordar, e para desanuviar as apreensões, pediu para escutar mais uma vez a Lira. Foi para a capela com o Major. – "Bonito..." – disse, ao reconhecer os compassos de um velho *Stabat Mater* que o Maestro outrora tocava no harmônio da igreja da Vila. Ficava muito mais pungente, com aquela orquestra... Mas distraía-se da música, preocupado com Clara Vitória. Não, estava levando suas suposições num rumo infame, mas era preciso pensar nisso, por mais asqueroso que fosse. Ao saírem da capela, cumprimentou o Maestro, incentivou-o, mas quando estava prestes a assentar o pé no estribo da charrete, ele disse ao Major, que segurava as rédeas: – "Tenha cuidado com sua gente". Antônio Eleutério riu: – "Estão todos com saúde, não se preocupe". Ao ultrapassar a última porteira, embicando a viatura no rumo da trilha, o Vigário pensava sobre a matéria humana – e já decidia não perder de vista os seus fiéis da estância. Dois dias mais tarde, em visita ao Barão de Três Arroios, ele foi franco com Silvestre Pimentel: – "Eu soube que você esteve com a menina no pomar. Isso não se faz". Não se fazia? – Silvestre avermelhava – foram apenas dar um passeio, a tia e D. Brígida tinham autorizado... – "Que isso não se repita" – disse o Vigário –, "terá toda a vida para dar passeios com ela, depois do casamento. Se essas mulheres tolas têm o miolo mole de permitir, eu não".

Tentando saber mais, o Maestro instigava Clara Vitória a falar sobre seus mistérios. Inútil: ela fechava-se num mutismo alheio às perguntas. Se entretanto respondia, era com fatos muito distantes: – "Hoje pensei. Eu era menina. Lembrei quando eu corria por esses campos. Eu era muito bonita". – "Mas você é bonita". E ela insistia em falar no passado: – "Uma vez fui atrás de um tatu-mulita, e trouxe ele para casa, e o bichinho gostou de mim como um cachorrinho, ia aonde eu ia. Depois mataram o pobre". O Maestro, por fim, deixou de fazer perguntas, afagando-a com ternuras que desconhecia em si mesmo. Pensou, então, numa forma de fazê-la feliz, e para isso tinha sua música. Certa vez Clara Vitória falara que não gostava de enxergá-lo nos concertos e nos ensaios, lá muito longe, muito sério, quando a Lira tocaria só para ela? O Maestro imaginou que poderia realizar esse desejo, que ficaria como o selo de seu amor. Talvez a recuperasse. Mas de que maneira, com tanta vigilância?

Tudo interrompeu-se quando, naquela semana, morreu o Barão de Três Arroios, agarrando um terço e sob as unções do Vigário, logo chamado ao agravar-se o caso. Nos momentos comoventes da agonia, lamentavam pela casa: "Coitado do Barão ", embora isso mais fosse um modo de dizer do que a expressão de um sentimento já gasto pelas longas vigílias em torno do moribundo. Foi mesmo o Vigário quem veio dar a notícia a Antônio Eleutério, e pediu e obteve, não sem relutância, a Lira Santa Cecília, a fim de cumprir um último desejo do finado. Adiou-se o enterro em dois dias, para juntar mais povo e para que a cerimônia pudesse ser preparada à altura. Na estância do Major improvisaram-se fitas negras para os braços dos homens, e, quanto às mulheres, foi preciso pedir vestidos pretos ou pardos nas casas que já haviam experimentado alguns falecimentos, pois ainda não houvera morte de próximo na estância de Antônio Eleutério: seus manos haviam sucumbido na revolução, e os parentes de D. Brígida morriam lá pelo Caverá, e sem chegar à velhice, vítimas dos desafetos; já as avós e tias não contavam, porque eram tão antigas que pareceram sempre mortas. Clara Vitória não se reconheceu num folgado redingote de algodão do Egito, resultado de uma viuvez tarda e austera, hoje mostrando a cor indistinta das constantes lavadas e trazendo impregnado o cheiro das velas penitenciais de mistura com os aromas da beira do fogão. Tinha a imensa vantagem de esconder da vista alheia a barriga, que ela, em suas aflições, achava maior.

A Lira não possuía músicas fúnebres, mas o Maestro poderia utilizar alguma peça que tivesse algo desse caráter, e, revirando atabalhoado as partituras do baú, encontrou a parte reduzida para piano de um primeiro movimento de sinfonia de Haydn, bastante executada em Minas, e que mantinha a secção inicial, um expressivo *adagio* em tom menor e no compasso binário de marcha lenta. Rossini trabalhou nas cópias até secarem os olhos, simplificando muito, amputando compassos, remendando-os; para marcar melhor o tempo forte, inseriu um tambor a bater, soturno. O Maestro realizou um breve ensaio, pedindo aos músicos que decorassem o que pudessem, pois iriam tocar durante o cortejo do féretro, como queria o defunto, e não teriam as partituras para lerem. Atenderam-no, e ao final da tarde já executavam de memória algo parecido com o *adagio*. – "Está bom, Maestro" – disse Rossini – , "mesmo não se pode esperar muito, e a ocasião não está para a Arte".

O Major e sua gente chegaram à estância do Barão como uma revoada de corvos, contrastando com o fardamento escandaloso dos músicos; quanto ao Maestro, sua casaca era a mais condizente vestimenta de todas. A consternação resumia-se em louvar as qualidades do defunto, e isso substituía o choro inabalável de quando os falecimentos são prematuros. Ninguém pensava que Silvestre Pimentel trouxesse, bem embrulhado num costumezinho de seda verde-escuro, com as rendas saindo pelas mangas um pouco curtas, o Afilhado. Mas era um menino doce, sem marcas do pecado de sua origem; tinha olhos belamente ovais e cabelos tombando em caracóis macios. Foi cercado pelas mulheres, cuja atenção o deixava com manhas: pedia-lhes os doces que estavam reservados na cozinha, abanava-se com os leques e encostava-se muito às moças. Não vivia na estância, e todas dedicaram-se ao passatempo de adivinhar, entre tantas criadas e chinas, quem seria a mãe. O Vigário havia muito lhe perdoara o mau nascimento, incorporando-o ao rebanho de Cristo: batizara-o com todas as formalidades e até lhe fazia alguns agrados de avô. Durante o velório, na sala grande, Clara Vitória admirava o menino. Depois de alguns conselhos dados ao ouvido, ele passou a mostrar um aspecto sério, o que lhe aumentava a luminosa graça. Para aquelas senhoras, Clara Vitória teria nele uma espécie de presente de casamento. Bem ponderadas as coisas, e na lembrança de casos análogos, ela até fazia uma bela ação ao aceitá-lo. D. Brígida, essa, não estava para paciências, e disse à filha: – "Espero que o mariquinhas não venha a me dar trabalho". Compuseram-se: o Vigário, paramentado com a estola negra por cima da sobrepeliz alvacenta, dava início à encomendação, cercado por dois acólitos que trouxera de São Vicente. Clara Vitória, vendo o Afilhado como perdido no meio daquela cerimônia, trouxe-o para junto de si e passava a mão sobre os cabelos, de onde se evolava um perfume viçoso de água-de-colônia. Ela não se sentia fazendo nenhuma caridade. Já gostava daquele menino que levantava as vistas para ela. Silvestre Pimentel, aos poucos, veio para ali, e ao parar-se, grave, ao lado de Clara Vitória, as moças lamentaram a perda definitiva daquele homem. Terminada a encomendação, trouxeram a viúva ao pé do morto; ela tirou-lhe a aliança, colocando-a no dedo junto à sua, e deu um beijo final na testa do marido. Depois fecharam o ataúde, empurrando para dentro algumas flores obstinadas, e seis homens o seguraram pelas alças, conduzindo-o para fora. O Vigário organizou o cortejo: à frente do caixão iam ele e os acólitos, um deles com o balde do *asperges* e o outro com a cruz processional bem alçada; depois o Major alinhou a Lira Santa Cecília, e por fim vinha o resto. Clara Vitória pegou o menino pela mão e foi caminhando entre os irmãos e a mãe. Silvestre

Pimentel alcançou-a, e D. Brígida abria um espaço para que ele pudesse ir junto, já como pessoa de casa. Todos esperavam aquilo que se seguiu, mas foi um susto quando o Maestro fez um sinal e a Lira começou a tocar uma música lúgubre, a cujos compassos os pés se ajeitavam. E assim foi, arrastando aquele povo para os fundos da estância, onde, sobre uma coxilha e envolto por uma cerca de grade enferrujada, ficava o cemitério da família. Ninguém falava, naquela tarde plena de sol. Até o menino seguia triste, imitando os mais velhos, e suas frágeis pernas não se cansavam de subir o caminho quase extinto pela ausência de quem se interessasse por visitar os avoengos ilustres e desconhecidos que estavam enterrados naquela singela necrópole. Foi bem um quarto de hora até atingirem o topo da elevação. Clara Vitória agradeceu por chegarem, pois os tornozelos tumefatos começavam a doer. Abaixou-se até o menino e explicava-lhe o que acontecia, e ele dizia entender tudo, embora se distraísse com o choro manso da viúva. Silvestre Pimentel por um instante ajudou o Afilhado, dizendo o que deveria fazer, e conduziu-lhe a mãozinha para fazer o nome do Padre. Nesse ato chegou tão perto de Clara Vitória que ela por instinto recuou: não queria magoar o Maestro, que, junto à cova, a observava, pensativo.

Pensava o Maestro em como Clara Vitória estava bela e desejável, naqueles trajes de luto que escondiam o arredondado dos seios, e teve de afastar um pensamento pecaminoso para a solenidade da morte. Mas logo voltava a pensar, e teve de desviar os olhos para o Vigário, que pôs-se a recitar as preces do livro, borrifou água benta sobre o caixão e o deu à sepultura. Na volta instalou-se conversa generalizada, e o Vigário, a fumar, com a estola ao braço, comentava pela última vez as qualidades cristãs do finado. Clara Vitória segurou a mão do Afilhado e Silvestre, sob pretexto de amparar o menino, pegou-lhe pela outra mão, e todos ali contemplavam a cena feliz, quase religiosa, da criança descendo a trilha entre os dois prometidos. Já em casa, as criadas serviram chá e refrescos com doces. O Maestro e os músicos, numa exceção que a morte justificava, foram admitidos à sala, embora conversassem só entre si, atascados num reduto de cadeiras. Dali, o Maestro teve um lampejo de alegria: Clara Vitória procurava-o entre aquela gente, e no olhar que ela lhe lançou ele teve certeza: ela o amava. Poderia sim estar com outra gente, poderia consolar os outros, mas era sua.

Silvestre, na condição de prévio senhor da estância, era o objeto principal das condolências, e ao receber os pêsames de Clara Vitória, ele agradeceu: – "Alma de santa, você tem". – "Eu não ia faltar ao enterro". – "Não é isso. Você segurou a mão do Afilhado..." – "Afilhado? Seu filho" – ela disse. Ele arranhou um pigarro tímido: – "Pois... meu filho". – "É como você deve chamar essa criatura de Deus". – "Tem razão". – E Silvestre falou alto: – "Ouçam, por favor". Os presentes vieram agrupar-se num círculo de silêncio em torno dele. – "Quero dizer, em atenção à memória de meu tio, a quem eu poupei desse fato enquanto era vivo, que esse guri aqui" – e pôs-lhe a mão sobre o ombro – "de hoje em diante deve ser tratado como meu filho". Uma luz se fazia, e todos entenderam que uma nova vida tinha início naquela casa. A viúva, para quem agora se voltavam, murmurou detrás do lenço: – "Que Deus abençoe a todos". Clara Vitória sabia que esse ato teria consequências para si, mas não se perdoaria se não o fizesse: também pousou a mão sobre o pequeno ombro. Era como se ela aceitasse o menino também como seu, mas era muito mais do que isso.

Logo que se encontraram, o Maestro pediu-lhe que explicasse tudo o que havia acontecido no enterro, o que ela dissera para Silvestre, que ele falou aquelas coisas sobre o menino? Clara Vitória foi lacônica: – "Disse o que devia ter dito". – "Mas você não pode ter segredos comigo". – "Nenhum?" Não querendo ir além por medo, o Maestro então disse-lhe que lhe estava preparando uma surpresa. Ela o fixou com inesperada e cândida curiosidade, que ele respondeu com um sorriso: – "Se você tem segredos, eu também posso ter".

Não, ela precisava fazer alguma coisa, nem que fosse para mostrar a si mesma que não se entregava à fatalidade. Durante uma sesta, vestiu-se, pegou sua pequena sombrinha de duas cores e foi à casinhola ao fundo do campo, à procura de Siá Parteira. Encontrou-a no lado de fora, cortando a casca de uma moranga sobre uma gamela. – "Preciso um favor". A velha não precisou perguntar nada: apenas disse para ela entrar e mandou que tirasse o vestido e se deitasse. Depois de fazer algumas perguntas, manipulou-a com a polpa dos dedos e disse, num sorrisinho: – "A menina deixou passar muito tempo. Isso agora só rezando". Era o que Clara Vitória pensava mesmo ouvir. Levantou-se, compondo o vestido: – "Não fale nada para ninguém". – "Já fiz desmancho em muita senhora rica, e alguém ficou sabendo?" Era noite de lua cheia quando Clara Vitória foi ao quarto de hóspedes, disposta a contar tudo. Encontrou o Maestro vestido de sair, com um casaco de linho escuro e botas de cano alto. Ela estranhou, mas tinha de falar: – "Preciso dizer uma coisa". Ele observou-lhe o vestido e as botinas: – "Está uma linda noite. Não quer ir lá fora?" – "Podem nos ver". – "Seus irmãos já saíram para a charqueada". – "Os cachorros podem latir". – "Eles nos conhecem". – E pegou-a pelo braço. Na porta, olharam em volta, ninguém. – "Vamos". Deram uma pequena corrida até a porteira dos fundos, acompanhados dos cachorros, que sacudiam as caudas. Depois de ultrapassá-la, estavam na invernada pequena, onde bois reclusos vagavam, insones de tanta luz. Clara Vitória inquietava-se com pensamentos extraordinários: ali, naquela solidão e abandono, ela poderia ser morta sem que ninguém soubesse. Foi notando aos poucos que iam pela estradinha que ligava ao boqueirão. O Maestro não falava, animado por um propósito que só ele sabia. Depois de vencerem as tortuosidades dos maricás, deram-se numa aberta clareada pelo luar. Escutavam, ao longe, pios de corujas e todos os sons da noite. Quase sem respirar, ela contemplava a paisagem, agora com a alucinante sensação de que a enxergava pela última vez. – "Por que me trouxe aqui?" – "Espere" – e o Maestro deixou-a ali, desaparecendo entre os tufos da vegetação. E aconteceu o que jamais, nem em sonho, Clara Vitória poderia imaginar: começou a escutar uma música que não sabia de onde vinha, algo suave e lírico, sim, era a *sua* música. Abriu bem os olhos, e, na claridade azulada, reconheceu os vultos que se movimentavam: eram os músicos, que de pé, tocavam sob o comando de Rossini. Clara Vitória sentiu que lhe faltava o chão, e sentou-se. Logo o Maestro estava de volta, e ajoelhava-se ao lado. – "Louco, você ficou". – "Eu disse para eles que eu precisava da orquestra longe dos ruídos, no campo, para escutar melhor os instrumentos. E para você, uma surpresa de amor. Quero ver você feliz". – "Vão ouvir, lá em casa". – "Eu avisei a seu pai que ia fazer isso". – "É lindo..." – "Só para você, a Lira". Ficaram ali, escutando, enquanto a Lua descrevia sua trajetória pelo céu. A música, agora, perdia a jovialidade, transformando-se numa lenta marcha soturna, que lembrava o enterro do Barão. – "Maestro". – "Sim? Mas antes que me pergunte" – e ele pôs-lhe a mão sobre o ventre –, "quando vai nascer a nossa criança?" Clara Vitória petrificou-se. – "Como ficou sabendo? E agora?" – Ela mordeu os lábios, limpando uma lágrima súbita. – "Agora" – ele disse, abraçando-a – "é escolher o nome". Ela tapou-lhe a boca: – "Não fale nisso". – "É preciso. É a vida". – Embora não houvesse nenhuma espécie de reserva ou de simples consolo nessas palavras, a aceitação assim ligeira, dita na insensatez dos homens, longe de tranquilizar Clara Vitória, lançou-a na penosa certeza de que agora tudo seria conhecido de todos. – "Vamos embora. Estou assustada". Todo aquele clima de pavor, aquela música que de repente rastejava pelos campos como um réptil, tudo aquilo tinha parte com a morte. Queria voltar para o conforto de seu quarto. E retornaram pela trilha, ela escutando a música que ia ficando para trás, como se marcasse os passos de seu sepultamento.

Pela manhã, ainda na cama, não se achava em sua angústia. Nada mais lhe restava senão esperar pelo momento em que tudo viesse à tona. A morte não lhe era mais estranha: sentira-a ontem em seus calcanhares. Descobririam seu estado, mais dia, menos dia: tanto poderia ser hoje, ao sair do quarto, ou amanhã, na hora dos bordados, ou em uma semana, quando ela se voltasse, e, à contraluz, alguém percebesse tudo; bastava, agora, um olhar mais desconfiado, alguém que soubesse unir fatos e prestasse melhor atenção à sua barriga, pequena ainda, mas abaulando-se a cada dia. E figurava-se, estraçalhada pelos golpes de faca do pai, jazendo depois em pleno campo, devorada pelos insetos. Levantou-se, abriu a porta e, ao chegar ao corredor, viu a Siá Gonçalves. Encolheu-se, mas refletiu: para quê? Deveria sim mostrar-se, abreviar tudo. Veio para o terreiro e pôs-se a caminhar com o vestido colado ao ventre, mostrando-se. Ao ver que a Siá Gonçalves vinha para falar-lhe, voltou estabanada para casa, coberta de suor.

Decidiu-se a não ir mais ao quarto de hóspedes. O Maestro entenderia, amava-a. A proximidade da morte santificava-a em sua gravidez. Na noite seguinte, quando ele bateu de leve atrás da parede, ela se enrijeceu toda, mordendo a ponta do travesseiro até doerem os dentes. Depois pôs-se a fixar com olhos secos a chama da vela no castiçal, que consumia a cera numa voracidade lenta e inexorável, reduzindo-a a um pequeno toco, que depois se apagava num odor de velórios. Acordou-se como se não tivesse dormido, mas lembrava-se dos pesadelos. Passou a fechar os postigos ao ouvir *sua* música na capela, e vinha para bordar, protegendo-se dos olhares da mãe, colocando o pano sobre si. Certa vez pensou em falar a Bobó; ensaiou as frases que diria, as desculpas, mas ao imaginar-lhe o rosto atônito ao escutá-la, desistia. O pai tornou-se sua maior preocupação. Se ele lhe dirigia um olhar mais indireto durante o jantar, ela se julgava perdida e enterrava o rosto no prato, observando a trama da toalha de mesa. Certa vez ele disse: – "Mas o que tem essa menina?" – "Nada" – D. Brígida respondeu –, "é a preocupação com o enxoval". E voltavam a comer.

A partir do inexplicável abandono, o Maestro vinha todas as noites para a janela de Clara Vitória, sentava-se numa pedra, num ardor sem tréguas, olhando para a luz que oscilava dentro do quarto. Quase podia ouvir os passos inquietos da menina, via sua sombra indo de uma direção à outra, e hesitava dar algum sinal: não se conformaria com o silêncio. Numa noite começou a chover, e o vento batia rijo. Ele não saía dali, os olhos presos à janela, e aos poucos a chuva o encharcava, penetrando seus cabelos. Rilhava os dentes, a pensar nas tantas voltas da vida, condenado a fixar aquelas migalhas de luz, debatendo-se contra forças insuperáveis. E viu-se de volta a Minas, reconquistando seu lugar de músico prestigiado, talvez lhe dessem alguma orquestra. Clara Vitória ficaria como uma lembrança a ser esquecida na nuvem dos anos. Um dia alguém lhe viria com notícias de seu filho, e ele não daria importância. Ela assim não desejava? Teve um espasmo de dor ao imaginar sua vida longe dela. Pegou o lenço, enxugou a testa e depois as lágrimas incontroláveis que vinham aos olhos. Levantou-se, bateu com os nós dos dedos no tampo da janela. – "Clara Vitória, ouça..." Ficou imóvel, à espera. A luz apagou-se, e o silêncio tornou-se maior com o gotejar intermitente da chuva que caía das telhas. – "Clara Vitória, diga alguma coisa". Não se controlando, começou a bater com os punhos fechados, "Clara Vitória, Clara Vitória". Aos pouco, foi baixando as mãos, recompondo-se. Correu ao galpão, acordando Rossini, sacudindo-o: – "Rossini, diga, o que é a vida?" O rabequista entreabriu as vistas coladas de sono, soergueu-se: – "A vida? É uma noite de chuva em que as pessoas querem dormir". O Maestro deu-se conta: – "Pois durma. Desculpe". – "Não é nada. Pode falar". Depois de escutar durante meia hora, Rossini já estava desperto, e tinha seu juízo: – "Ficar lamentando não adianta nada. É preciso resolver isso, logo. Vá ao quarto da menina". – "Que ideia. Como vou entrar?" – "Não será pela janela..." O Maestro confrontou-se com uma possibilidade: poderia fazer isso, era noite e todos dormiam. Sem esperar mais, encaminhou-se à porta principal da casa. Como sempre acontece nas estâncias, estava apenas encostada. Tirou os sapatos e deixou-os junto à soleira. Entrou. Na sala grande às escuras, onde adivinhava os perfis dos móveis lustrosos e sentia o cheiro doce do óleo de peroba, escutava o som monótono do relógio, de mistura com a chuva. Sentiu um arrepio, mas foi adiante. Vencendo o corredor, de onde ouviu os roncos descompassados de D. Brígida, deu-se na porta de Clara Vitória. Pressionou o trinco, abrindo-a. Murmurou "não tenha medo, sou eu". Uma luz de vela acendeu-se. Sentada na beira da cama, estática, Clara Vitória olhava-o. A camisola, entreaberta e manchada de suor, mostrava o início dos seios, e os cabelos úmidos colavam-se à testa. Ele chegou-se mais perto, atraído pela visão. Clara Vitória não se moveu até o instante em que ele estava bem perto, e então levantou-se. Esperava, e as voltas das narinas moviam-se à busca de ar. O Maestro estacou, assombrado. Nunca a enxergara assim. Em meio à claridade do quarto, a camisola adquiria o tom brilhante das vestes das santas, e toda ela refulgia. Ele avançou pouco a pouco a mão, com medo de tocá-la. Ela disse, com amargor: – "Venha, se quer". O Maestro deu um passo para trás, e assim recuando, bateu com as costas na porta. Abriu-a e saiu pelo corredor, só parando quando estava no patamar. Era a primeira vez que fugia de mulher. Queria-a, mas livre, e não assim, como vítima de sacrifício. E soube que a teria de volta, amanhã ou depois, isso lhe dizia o olhar de Clara Vitória. Ficaria à espera, pois a paciência é a qualidade de quem ama.

Como o processo da herança do Barão destinou--se às traças das estantes judiciárias da pachorrenta comarca de Rio Pardo, e ninguém poderia ter esperanças de que ficasse pronto antes de dez anos, Silvestre tomou posse de fato dos bens de seu legado, constituído por algumas terras em São Gabriel, outras em Alegrete e metade da estância – a outra metade, a tia confiou-lhe para administrar. Ou pela dor da perda, ou por sua nova condição de proprietário, em poucos dias ele se tornava "um outro homem", no dizer de todos: desempenado, contratou arrendamentos, estabeleceu cláusulas, cobrou de antigos devedores do Barão – os descarados pensaram safar-se com a morte do credor – e, acima de tudo, entrou naquela situação de senhor estabelecido, só o que lhe faltava para adiantar a questão do casamento: depois do acontecido após o enterro, quando ela dissipara de vez qualquer vergonha que ele pudesse ter em relação ao filho, Silvestre já pensava que Clara Vitória seria a esposa certa. Como corria a estação de trabalhos na charqueada, ele achou motivo para ir à estância de Antônio Eleutério: chegou demonstrando interesse em algum hipotético negócio ou sociedade, pedindo ao filho mais velho do Major as informações em pormenor sobre como funcionava o estabelecimento, quais os custos, quais as possibilidades de ganho e quem comprava o charque por melhor preço. Eugênio de Fontes levou-o para a margem do Santa Maria e lá mostrou o estado dos grandes galpões onde eram retiradas as vísceras dos bois, depois o famoso tanque para recolher o sangue e as imensas varas de taquara onde eram penduradas as mantas de carne para secarem ao sol. Suportando o bafo pestilento,

Silvestre avaliou depois a graxeira acumuladora dos restos putrefatos das cartilagens; sugeriu dar-lhes destino melhor: sabia que em São Paulo apreciavam os derivados daquela indústria. Eugênio seduziu-se com tanto interesse por uma tarefa que todos consideravam meio maldita, e falou ao pai que iria pensar no que dissera Silvestre Pimentel. No fundo, Silvestre desejava imiscuir-se na casa sem aquela condição algo feminil de enamorado por Clara Vitória, embora fosse esse seu único motivo. Ao esgotar assunto com o Major e o filho, pediu para vê-la. Se Antônio Eleutério o ouvia sem atenção porque considerava definitivo o matrimônio, ou porque se amuava sem ouvir a sua orquestra, D. Brígida tratou Silvestre Pimentel como um homem que precisava ser reforçado em suas decisões: propiciou-lhe uma rodada de mate e café com bolo, para a qual chamou Clara Vitória. Depois, sem dar importância às advertências do Vigário, criou uma situação em que os noivos – porque assim já eram chamados – pudessem estar juntos. Ao vê-los saírem para uma caminhada pelos campos, disse à Siá Gonçalves: – "Lá vão. Que se arreglem, esses dois". Silvestre vinha dizendo que se casava não porque a tia fazia gosto, nem porque D. Brígida o empurrava, mas porque ele mesmo queria. – "E o que você pensa que eu quero?" – ela disse. Ele se espantou: – "Pelo menos vi você sempre fazendo o enxoval". – "É um fato..." – o que responder-lhe? Silvestre readquiriu segurança, e já falava que poderiam morar na estância do Barão depois do casamento; a tia escolhera para si uma ala menor, com um quarto e uma saleta, para onde pretendia recolher-se, e eles ficavam com toda a casa. Chegavam à beira de uma pequena lagoa onde nadavam patos. Clara Vitória sentou-se numa pedra, livrou-se das botinas apertadas e refrescou os pés na água. – "Silvestre. Você é um homem bom. Quantas gostariam de casar com você". – "Não ligo para elas" – ele respondeu, ruborizado. "Pois deve" – ela disse, para não ser ouvida.

Na volta, Clara Vitória percebeu o Maestro, à porta do quarto de hóspedes. Ela disse a Silvestre que não deveriam entrar logo, e foram para baixo do umbu. O Maestro não saiu de sua observação, e ela esforçava-se para sorrir a Silvestre que, encantado, falava em suas ideias de casamento. Com o canto do olho ela viu o Maestro abanar a cabeça, e contrafeito, entrar no quarto, fechando a porta com um ímpeto inesperado. Depois abriu-a e levou-a suavemente para o lugar, como se o vento a tivesse batido. Clara Vitória teve o desejo de deixar Silvestre Pimentel onde estava e ir correndo explicar-se, mas desistiu: era melhor dessa forma.

O luto pela morte do Barão não teve força suficiente para impor-se à vizinhança, e, como dizia o Major Antônio Eleutério, "é o Barão lá com os anjos e eu cá na minha terrinha", acrescentando que iria entregar-se de novo às delícias de sua orquestra. Cumpriu: convocou os vizinhos para a reinauguração das tocatas da Lira Santa Cecília. Pelas quatro da tarde do domingo a estância começou a encher-se de gente, e como fazia um calor agradável, o Major mandou as criadas levarem as cadeiras para baixo do umbu. O Vigário, chegando, foi ao encontro do Major, que, embaixo do umbu, desmanchava-se em gentilezas com certo Tenente-Coronel Aníbal Meireles, ora em trabalho de levantamento topográfico da região de Rosário. A Lira Santa Cecília já ocupava seu lugar à frente da plateia disposta em linhas imprecisas, e o ar se enchia de sons disparatados: os violinos tocavam o que queriam, os tambores batiam frenéticos e a tuba grunhia com desespero. O Major veio aboletar-se em seu lugar, entre o Vigário e o Tenente-Coronel, o que era o sinal para que os demais convidados e suas mulheres viessem ladeá-los. Depois foi a vez da família, e Clara Vitória, sob a vigilância de D. Brígida, encaminhou-se para seu lugar ao lado de Silvestre Pimentel. Estava tão branca que ele perguntou se estava doente. – "Não". Foi o momento em que o Maestro, com grande teatro, veio por detrás da plateia e apareceu com sua casaca negra, inclinando-se às palmas incentivadas pelo Vigário. Antônio Eleutério sorriu, satisfeito, passando os dedos pelas guias do bigode. E comentou com o Tenente-Coronel: – "Saiba o senhor, já tocaram para o Bispo, em Rio Pardo. Está me custando uma fortuna, mas vale a pena. Olhe só quanta gente aqui, só para escutar. Mas ouça, gosto muito do que vai acontecer". O Maestro puxou o diapasão do bolso e soprou-o, e os músicos pararam de tocar, atentos ao som finíssimo, que parecia uma tecla aguda de gaita. – "Ouçam" – sussurrou Antônio Eleutério –, "agora tocam juntos a mesma nota. Não é um negócio bonito?" – "Do Caos faz-se a Ordem" – disse o Vigário. – "Quando a orquestra afina, é como se no mundo só houvesse paz". O Major recostou-se melhor, acompanhando o gesto de comando que o Maestro dava aos músicos. – "O que eles vão tocar?" – perguntou-lhe o Tenente-Coronel, respeitoso. – "Nisso o senhor me aperta. É tudo em língua dos padres". – "Desculpe, Major" – o Vigário interveio – "é em italiano, o idioma de Petrarca. – "Pois em italiano". Tocaram o famoso *andante* de sinfonia que tanto impressionava Antônio Eleutério. O Tenente-Coronel parecia pasmo, e ao fim, enquanto aplaudiam, disse que só uma vez ouvira uma orquestra, na Corte, e no entanto essa ali tocava muito melhor. – "O Bispo me disse a mesma coisa" – respondeu o Major –, "mas eles sabem muito mais. Acho que vão tocar agora um minueto". Iniciaram uma serenata veneziana, que o Vigário identificou. E procurando ver a cara dos assistentes, virou-se para os lados: os convidados mantinham-se dignos, mas, pelas fisionomias, mostravam que estavam gostando; atrás, D. Brígida permanecia impassível em sua parvoíce, e os filhos mexiam-se impacientes nas cadeiras. Quanto a Clara Vitória, ele se assustou: estava com um ar cadavérico, amassando o lenço entre os dedos. Apenas um sopro poderia pô-la por terra. Todos a consideravam uma criança, mas ele já não podia concordar. E voltou-se para a orquestra, observando os movimentos do Maestro. Não podia negar: era um homem superior, com todo aquele poder sobre a música. Era daqueles a quem as mulheres poderiam entregar suas honras. Perturbado por essas bobagens, tentou ficar atento. Mas quando a tocata terminou e o Major convidava a todos para irem para a sala grande da casa, o Vigário sabia que algo subterrâneo estava acontecendo sob suas vistas, e no entanto não conseguia ir além. Pensou em falar ao Major a respeito de Clara Vitória, mas ao vê-lo tão feliz, mandando que acendessem os lampiões para o baile, desistiu. Mesmo, não tinha certeza do que dizer, de qualquer maneira era apenas um pressentimento. Agora se entesava: Clara Vitória passava por ele, seguida de Silvestre Pimentel. E se sugerisse antecipar o casamento? Na sala grande ardiam vários lampiões, a mesa fora afastada e as cadeiras colavam-se às paredes. O Major tomou D. Brígida pela mão, fez um sinal ao Maestro lá fora, e quando a Lira Santa Cecília atacou a *polonaise* inicial, o par anfitrião deu início ao baile. Os casais, um a um, foram-se dando as mãos e vinham atrás, formando uma longa cauda, tentando dançar no ritmo da música. O Vigário acendeu um cigarro e veio sentar-se junto ao Tenente-Coronel, que se confessava maravilhado, teria muito para contar daquilo tudo. Mas logo estavam envolvidos numa discussão da qual não se lembravam mais do começo. O Vigário estava gostando daquilo, servia ao menos para que se esquecesse das armadilhas que punha para si mesmo. Como já debatiam sobre a justiça dos impostos e os ânimos se aqueciam – o oficial achava que eram baixos – resolveram dar-se um momento de trégua, comprazendo-se com os casais que valsavam. – "Impressionante" – disse o militar, vendo a agilidade de Antônio Eleutério, que rodopiava arrastando D. Brígida como se ela fosse um fardo de lã molhada. O Vigário, que tinha um juízo variável quanto aos bailes, hoje estava numa tarde em que enxergava os pecados à solta. Aquele lá, o gordo Paracleto Mendes, o grande amigo do Major, todos sabiam que tinha uma amante em casa, e ora enlaçava a compassiva esposa, uma senhora a quem, por compensação, os vizinhos atribuíam as melhores virtudes. E que dizer daquele outro, com filhos adulterinos no Uruguai? Claro, havia os bons católicos, como o Alferes, um homem opaco, ali dançando com tal economia que mal movia os pés – por que deveria ser assim? Procurava não ver Clara Vitória e o quase noivo, mas era impossível deixar de notá-los, pois faziam uma figura adorável em suas juventudes. Mas algo ia mal, ela pendia cada vez mais, Silvestre Pimentel amparava-a, e não passou um minuto e ele a levava para uma cadeira, abanando-a. O Vigário pensou em fazer alguma coisa, mas não conseguia, num instinto de deixar à natureza a solução. Ao ver que D. Brígida ia tomar uma atitude, e temendo as consequências, ele se levantou e impediu-a: – "Deixe comigo" – e sem que os convidados notassem, conduziu Clara Vitória para o quarto. Deitou-a e foi à cozinha, voltando com um pano embebido em água. Puxou uma cadeira para o lado e colocou-lhe o pano sobre a testa. – "Obrigada, padre". – "Não me agradeça. Trate de melhorar". – "Já estou melhor". –

"Melhor ficará se me contar o que está acontecendo". Clara Vitória fixou-o, suspirou: – "Só se for em confissão". Deus, enfim, obrava. – "Espere um pouco". – E o Vigário saiu dali, atravessou o baile e lá fora pegou da mala da charrete a estola sacramental, e, escondendo-a como foi possível, retornava ao quarto de Clara Vitória. D. Brígida enxergou-o: – "O que ela tem?" – "Vai ficar boa. Não se preocupe". No quarto, sentou-se, preparando-se para ouvir. Meia hora depois saía desarvorado, sem tino sequer para responder às perguntas de D. Brígida, que o deixou no baile e foi ver a filha. O Vigário julgava haver passado por todas as provas, só não esperava que Deus Nosso Senhor reservasse a ele tanto pesar na velhice. Aquele baile, aquela festa, tudo se transformava numa grande pantomima. Acendeu mais um cigarro e foi para a frente da casa, de onde ouvia a orquestra ainda tocando. E não deixava de olhar para o Maestro, por quem tanto fizera e que traíra sua confiança. Angustiado, pediu a uma criada que fosse chamar lá dentro Silvestre Pimentel. – "A menina está bem" – falou-lhe – "por ora. Mas nós precisamos falar". Perplexo, Silvestre Pimentel disse que sim, por ele estava pronto. – "Pois aguarde meu aviso". Antes que escurecesse de todo, os convidados começaram a despedir-se, e vinham à busca de suas charretes. O Maestro tocava uma marcha triunfal de caçadores, que servia de fundo às conversas animadas e aos agradecimentos. Quando todos haviam ido embora, Antônio Eleutério veio contente convidar o Vigário para pousar na estância, já era tarde. –

"Não, Major, tenho um doente grave na Vila. A noite está clara, e o cavalo conhece de cor a trilha". – "Ao menos leve junto um escravo". O Vigário aceitou, não porque tivesse medo, mas porque seria terrível ir sozinho com tantos pensamentos. Antes ainda foi ao quarto de Clara Vitória. Estava recuperada, com algumas cores. – "Fique em paz".

5

O VIGÁRIO CONSIDEROU UMA IMENSA, UMA formidável perda de tempo haver procurado o insensível e surdo cônego de São Gabriel. Mas o perdoava: bem que o colega tentara escutá-lo, colocando a mão em concha em volta da orelha de onde saía um tufo de pelos; mas, como das outras vezes, estava com o pensamento tão amargurado pelos miseráveis salários dos padres que via apenas a si mesmo no meio do mundo: adiantava o pé, mostrando as meias roxas mal cerzidas, "olhe, nem para isso tenho mais". Era um escândalo que seus paroquianos não abrissem os baús para lhe propiciarem um passadio mais digno, "e é dever deles, e sem desculpas, todos estancieiros". Esses mesmos – os mais gozadores – afirmavam que ele chegara a esse ponto porque gostava de jogar; outros – os mais debochados – atribuíam-lhe dívidas de antigas e dispendiosas amantes, mas o homem era apenas uma vítima das preocupações materiais. Chegara ali moço e pobre, fazia cinquenta anos, e hoje era pobre e velho. O caso se agravara ao constatar a perda da audição; de início tornou-se um "opiniático", para depois passar ao estado permanente das lamentações financeiras. Um atrevido recomendou-lhe pedir ao Bispo que o transferisse, o que ele recusou como um insulto: – "Cresci e amadureci com esta paróquia, e se ela não consegue me sustentar, que me deixem apodrecer com ela".

Travaram uma conversa enfadonha no pátio da casa canônica, debaixo de uma capororoca e bebendo jarras de refresco das gordas amoras do cônego, que formavam um viscoso tapete rubro ao se precipitarem sobre o lajeado entre os canteiros de alfaces. Não houve um momento em que o Vigário pudesse expor tudo o que o atormentava. – "Por sorte tenho para a boca, veja" – o cônego dizia, mostrando uma promissora parreira. O Vigário suspirava de impaciência, e, ao fim, disse: – "O senhor não sabe o quanto é feliz". O cônego lançou-lhe um olhar parvo, que tanto poderia ser pelo inusitado da afirmativa quanto por não o haver ouvido. Mais tarde, o Vigário diria ao cocheiro, ao retomarem a longa estrada para casa: – "Pior que um cônego sem dinheiro, é um cônego surdo". Chegou a São Vicente certo de que estava condenado a resolver a questão de Clara Vitória, mas não como padre: desvestido da autoridade que os sacramentos lhe conferiam, era um homem banal, contando apenas com o argumento da sabedoria. Nessa tarde, conferindo seus termômetros e higrômetros, registrando os dados numa tabela afixada a um prego na parede, teve um pensamento ignóbil: ouvira a moça em confissão, perdoara-lhe, dera-lhe conselhos, o que mais lhe poderia ser exigido? "Covarde", disse para a curva das temperaturas máximas e mínimas, "covarde", repetiu, ao tomar o *Breviarium Romanum*. E numa decisão rápida, e antes que mudasse de pensar, mandou que o sacristão fosse à casa de Silvestre Pimentel.

No dia seguinte o prometido de Clara Vitória estava no escritório da casa canônica, sentado num trono barroco de jacarandá lavrado, que o Vigário lhe destinara com o objetivo de dar mais cerimônia ao momento. Silvestre ouvia com respeito distante as vagas palavras do sacerdote, mas levou um susto ao escutar: – "É preciso antecipar o casamento. Acalme-se, ouça, antes de falar. É pelo bem da menina. Você viu que ela está doente. Já imaginou se acontece algo com ela?" – O Vigário pensou em suas palavras, viu que não mentia, embora não fosse a verdade. Acrescentou: – "E se Deus a chamar, será no santo estado do matrimônio". Silvestre cobria-se de suor. Mal movimentava os lábios: – "Nunca pensei..." – "Pois está mal a menina, eu conheço essas coisas" – exclamou o Vigário, vindo para a ponta da cadeira, escolhendo as palavras mais verazes –, "e cabe a você aceitar esse fato e render-se à Graça de Deus, que lhe oferece ocasião de tamanha caridade". E lembrou-lhe: – "Será também uma forma de você reparar os estragos da juventude". – "O senhor fala do meu filho?" – "Você sabe. E então, que me diz do casamento?" – "Mas o que vai pensar D. Brígida?" – "Isso toca a mim resolver". Ao fim, acuado pelas várias ponderações religiosas e morais, Silvestre convencia-se. Depois de despedir o moço, animando-o, consolando-o, enaltecendo-lhe a nobreza, o Vigário atravessou o pequeno pátio das bananeiras e entrou na igreja, ajoelhando-se frente ao Cristo do Tronco. Não, estava certo. Quando a criança viesse a nascer, o Maestro já estaria longe – porque iria fazer tudo para que o

Major o mandasse embora – e a criança teria um pai. Os falatórios passariam. Mas o Vigário sabia que, mais cedo ou mais tarde, teria de confessar-se com o cônego de São Gabriel, por haver-se comportado como um cínico jesuíta.

Na tarde em que o Vigário chegou à estância, o Major Antônio Eleutério e Eugênio estavam no galpão maior da charqueada, frente a um monte de chifres empilhados. Antônio Eleutério ouvia, a contragosto, um pedido: o filho queria sua opinião a respeito da venda dos chifres para o Rio de Janeiro. Tinha uma boa proposta, mas havia a questão do frete, dos impostos... – "Antigamente se botava isso fora" – resmungou o Major –, "mas decida por você mesmo". Depois que descobrira a música, perdera o gosto pelo trabalho braçal da charqueada. Era coisa para jovens vigorosos, com vontade suficiente para trabalhar à noite, iguais a lobisomens. – "Quem sabe você fala com o Silvestre?" – sugeriu, para ver-se livre. Eugênio sim, já havia falado, e Silvestre recomendara o negócio. – "Pois faça. Está bem?" – E Antônio Eleutério foi para fora, à busca de ar. – "Meu Vigário!" – disse, exultante, ao ver o sacerdote que chegava à porta do galpão, protegendo-se do sol debaixo de um guarda-chuva ruço. Abraçaram-se. Havia muito o Major dispensara-se do beija-mãos. – "Mas a que devo tanta honra? Hoje nem é dia de orquestra..." – "Fui ao Cruzeiro atender a um doente e passava mesmo por aqui, e resolvi dar-lhe boa tarde". – "Fez bem, fez bem. Mas vamos sair desse lugar". – E convidou-o para irem à casa tomar um mate. O Vigário tinha os olhos postos no tanque de alvenaria, nessas alturas cheio de sangue até a metade. – "Essa coisa bárbara... Em poucos dias vai estar transbordando". Passaram entre os varões onde pendiam mantas de carne sanguinolenta, e subiram para a casa. O Vigário vinha pensativo, mirando o chão, e pouco respondia às perguntas. Ouviram a música da capela. O Major bateu com o cotovelo no Vigário: – "Estão ensaiando. Vamos lá?" – Ante a recusa peremptória, perguntou-lhe a razão. – "Quer saber?" – disse o Vigário –, "às vezes o Maestro me aborrece. Passei a sentir um mal-estar quando o vejo. Sei, vai me dizer que há pouco eu o elogiava. Mas a gente muda". O Major nem teve tempo de retrucar, porque D. Brígida aparecia na frente da casa, enfiando uma meada de linha no bolso. Beijou a mão do Vigário. Ele perguntou: – "Como está a menina?" – "Melhor". – "Dê-lhe a minha bênção. Depois falarei com ela". O Major disse que a tarde estava bonita, e que poderiam sentar-se no patamar. Mandou vir cadeiras e o mate, e ali divagaram por meia hora. Num instante em que a música parava, o Vigário devolveu-lhe a cuia: – "Sabe o senhor? Estive pensando. Eu, se fosse o senhor, casava logo a menina". O Major não entendia: – "Mas não é o que vamos fazer?" – "Quando digo logo, digo daqui a uma, duas semanas". Antônio Eleutério serviu-se de mais um mate. Aspirou na bomba, sentiu a água morna inundando sua boca e mandou que de lá de dentro lhe trouxessem uma outra chaleira, "dessa vez bem quente". – "Coisa ruim é mate frio". O Major agora sim, sabia que alguma trama se armava. Mas não o pegariam: – "As famílias às vezes encurtam casamento, mas só as famílias sem moral, e quando a noiva já se desgraçou. – "Talvez seja o caso". Antônio Eleutério jogou-se para trás, os olhos bem abertos: – "Cuidado, Vigário, o que me está dizendo?" – "Não é o que está pensando. Ela sim se desgraçou, como o senhor diz, mas de puro amor. Tudo o que ela sente, essas perturbações dos humores que o senhor viu na festa... É preciso que se case já". – "Jamais. Não vou passar essa vergonha" – o Major começava a falar cada vez mais alto: – "Filha minha, mesmo com essas tais" – ironizava – "perturbações dos humores, se casa direito, com proclamas e no tempo certo". – E ameaçou: – "Ou é assim, ou é nada". Chegava D. Brígida à porta, perguntando sobre o que discutiam. Foi o Vigário quem falou primeiro, explicando sua sugestão e a resposta do Major, o que ela pensava, não seria melhor antecipar o casamento? Mas D. Brígida concordou com o marido, ficava feio mexer na data, não teriam como explicar aos vizinhos, e, depois, ainda faltavam algumas peças do enxoval. E não achava que a filha estivesse doente. – "E peço ao senhor para não falar mais no assunto" – disse o Major, num rancor definitivo. Mas passou a examinar melhor o Vigário, vendo que ele já não ostentava aquele olhar de confiança que o fazia venerável. Antônio Eleutério sentia-se triste, pois se havia algo que não queria perder, era a amizade daquele homem de Deus, que no fim das contas, lhe garantia da bem-aventurança celeste. Ao enxergá-lo levantar-se e abrir o guarda-chuva, num gesto exasperado de quem dava por perdida uma causa, disse-lhe: – "Tem certeza de que não quer mesmo escutar de perto a orquestra?" – "Não" – respondeu o Vigário, encaminhando-se à charrete, que esperava. – "Preciso chegar cedo em casa". – "Volta?" – "Assim que puder. Adeus". Já ia adiantado pela estrada quando se lembrou de que nem falara com a menina.

Ao voltar para a sala, D. Brígida vinha com as ideias inflamadas. Sentou-se à frente de Clara Vitória e tentou recomeçar uma bainha de lenço de batista finíssima, trabalho frágil demais para seus dedos vulgares. A filha mantinha-se calada como nos últimos dias, no estado lastimável de quem não dorme, a todo instante lançando um olhar mortiço para fora, para o campo, dando um suspiro que vinha das imensidões da alma intranquila. Agora bordava, mas ontem cedo trancara-se no quarto, não saindo nem para comer. Tudo fora pior porque Silvestre Pimentel viera à tarde para saber como ela estava de saúde. Clara Vitória recusara-se a aparecer na sala, e D. Brígida tivera de enfrentar uma tarde péssima. O homem não arredava pé dali, insistia em falar com Clara Vitória, não entendia... – "Você não me faça mais perguntas" – dissera D. Brígida, irritada com aquela cara de idiota – "já não sabe que as mulheres têm lá suas coisas?" Sossegara o rapaz, mas acendera as primeiras perguntas dentro de si. Assim que ele se fora, ela arrancou a filha do quarto, levara-a para a sala, e, sacudindo-a pelos ombros dizia "se você está doente, fale de uma vez e não me fique aí como quem engoliu sapo". Clara Vitória erguera-lhe um rosto branco de desenterrada. – "Está doente?" Não tendo resposta, resignara-se a mandá-la de volta para o quarto. Mas ficara pensando.

Hoje D. Brígida perdia toda a desenvoltura perante a filha. Aquela conversa do Vigário fora muito estranha, o que ele estaria escondendo?... Sentia-se paralisada, à beira de algum fato que transtornaria sua vida, mas não atinava qual fosse. E de repente, como se o céu se abrisse e Santo Antônio lhe soprasse nos ouvidos, um pensamento fantástico passou pela sua cabeça, e ela arregalou os olhos, arrojando o lenço para cima da mesa:

– "Você está grávida!"

Clara Vitória pôs-se de pé, e com alívio, com a inocência e a pausa de um anjo que alça as asas, elevou a blusa, mostrando-lhe o pequeno ventre túmido. Um calor subiu pelo peito de D. Brígida e vazou-lhe os olhos com que enxergava a filha, e, cega, não a via mais, era apenas aquela barriga imoral, aquela obscenidade porca brilhando à luz crua da tarde – e então, toda ela um único ódio, uma única energia feroz, ergueu-se: – "Ah, miserável!" – e golpeou-lhe o rosto, fazendo-a cambalear e ir de encontro à parede. – "Era isso!" – dizia, assomando contra ela, continuando a bater numa e noutra face com os punhos fechados –, "enquanto eu ficava aqui como uma boba, vocês se refestelavam como cachorros, você e o Silvestre!" Clara Vitória não se defendia, deixando-se cair até o chão, e a mãe veio por cima, derreando-a com pancadas cada vez mais fortes, até que o sangue correu da comissura dos lábios. – "E eu ainda mandei que fossem para o pomar, louca que eu era!" Com aquela agitação, acudiu a Siá Gonçalves, e, tentando segurar os braços de D. Brígida, gritou que assim ela matava a filha. – "É o que ela merece! é o que ela merece!" – bradou D. Brígida, comprimindo o pescoço de Clara Vitória – "alguém que eu pari e criei, agora me faz isso!" – Soltou-a, arquejante: – "Ainda faço uma loucura. Ah, seu pai vai ficar sabendo! Vá para o quarto, já". E saiu desvairada ao encontro de Antônio Eleutério, achando-o na porta da capela. O marido não disse nada ao escutá-la, como se procurasse entender. Depois seu rosto velou-se por uma sombra destruidora. – "Vai fazer o quê?" – assustou-se D. Brígida. – "O que devo". Deixando a mulher, foi à charqueada, à procura do capataz e de Eugênio. Em curtas palavras contou-lhes tudo. – "E busquem suas armas" – disse, ao fim –, "aquele não cruza vivo esta noite". Eugênio pediu calma ao pai, o casamento estava próximo, o caso se resolvia. – "Nunca. Isso se resolve de outra forma." – "Não posso levantar minha mão contra o Silvestre". – "Pois não levante, seu fresco". – E acompanhado pelo capataz, Antônio Eleutério foi ao pequeno piquete, escolheu dois cavalos e mandou que o outro fosse buscar os arreios, enquanto ele ia pegar seus revólveres. Já havia um grupo de alarmados escravos e peões à frente da casa quando o Major e o capataz cruzaram a segunda porteira.

Os gritos de D. Brígida atroavam pela sala, ralhava com a ama de casa, que não lhe contara nada, ela que sabia sempre de tudo, o que tinha a dizer? A ama afirmava nada saber de Clara Vitória e de Silvestre, só desconfiava que a menina estava pesada de filho, mas não tinha certeza, e ficara com vergonha de falar. – "Uma vergonha que você não teve para falar quando a cozinheira dormiu com o Maestro". – "Mas o caso era outro" – dizia a ama – "agora era a menina da casa". – "Uma puta igual a essas negras que ficam se rolando nas macegas. Meu Deus, eu não merecia tanta infelicidade. No fim, o Vigário é que estava certo" – e andava pelo corredor, vinha à porta do quarto da filha, vacilava. Antes que a matasse, recorreu à calma de seus santos, persignando-se ante o oratório. Clara Vitória, a inesperada filha da maturidade: embalou seus primeiros sonos, viu-a crescer, enfeitara-a, preparou-lhe enxoval e uma vida decente. Jamais poderia imaginar que ali se ocultava uma pervertida. Figurava em sua mente os dois patifes se beijando, nus, a filha abrindo as pernas e o outro rasgando aquelas carnes tão alvas de virgindade. Horrorizou-se ao pensar que poderia isso ter sucedido ali nos passeios pelos campos da estância, ou pior, quando ficaram sozinhos na casa do Presidente da Câmara, ao lado da igreja.

Em seu quarto, Clara Vitória não distinguia mais as vozes, agora ecos longínquos da vida que não mais lhe pertencia. Embebia-se de uma paz inesperada. O fim de tudo, pelo qual temera nos últimos tempos, vinha agora como um repouso. Nada mais poderia esperar do futuro, a não ser o tempo necessário para dizer o que havia ocorrido de fato, e com isso salvava Silvestre, o inocente. Contraiu-se, isso era condenar o Maestro, também ele inocente – ela o procurara, ela se despira, ela se entregara. Como estaria ele, agora, sabendo de tudo? Imaginava-o vagando pelo terreiro, querendo falar com ela. Premiu os dentes, imaginando-o depois, talhado por facadas, despedaçado por tiros. Não, precisava avisá-lo, para que fugisse. Iria perdê-lo, e para sempre. Mas seria por pouco tempo, apenas o que lhe restava. Levantou-se, foi à porta. Estava fechada por fora. Foi à janela, abriu-a, e um peão levantou-se, ficando em guarda. Deveria ter ordens de D. Brígida. "Estou presa", disse, abatendo-se sobre a cama, "é o começo da morte".

Era quase noite quando o Major Antônio Eleutério e o capataz detiveram-se à porteira principal da estância do Barão. A casa lá estava, à distância de um tiro de garrucha, entre os dois coxilhões, cercada por um mato espesso de guajuviras. Viam, entre os ramos das árvores, as luzes dos candeeiros que se acendiam na sala grande. O Major conteve a montaria e disse ao capataz que iriam apear ali mesmo. Apearam, amarrando os cavalos no tronco de uma velha árvore. Por tudo havia um silêncio prenunciador, mal cortado pelos pios dos últimos quero-queros. Antônio Eleutério falou baixo ao capataz que fosse chamar o Silvestre. O capataz lembrou que o homem poderia estranhar e talvez se negasse. O Major contraiu o rosto num esgar de cólera: – "Se for homem, ele vem". Vendo o capataz se afastar em seu passo temeroso, Antônio Eleutério agachou-se, e, para disfarçar-se de si mesmo, tirou um cigarrão do bolso e o acendeu com o isqueiro de pederneira, aspirando a fumaça, que ardeu no peito. Jogou fora o cigarro, pensando em como mudava a vida de uma pessoa. Ontem ainda imaginava terminar pacificamente seus dias, com a Lira Santa Cecília enchendo os domingos felizes. E dentro em pouco seria um bandido. Ou um morto. Para o lado do nascente começava a sair uma lua muito diluída atrás de um véu de brumas, formando três halos, cada vez mais diáfanos à medida que se afastavam da luz. "Pode ser a última lua que eu vejo. Também pode ser a última lua do Silvestre". Pensou no Vigário, naquele rosto de santo, naqueles cabelos brancos, e isso fez com que afrouxasse a pressão que seus dedos faziam sobre o revólver. Mas entesou-se, comprimindo-o até doer a mão: o capataz voltava e, ao lado dele, Silvestre Pimentel. Antônio Eleutério veio para o lado da porteira, sentindo a respiração tornar-se convulsiva, até transformar-se num ronco. Chegara a hora. Silvestre parou, e o capataz correu para esconder-se. – "Major!" – ouviu-se a voz de Silvestre –, "não sei o que lhe disseram, mas o senhor está enganado". – "Saia para fora daí, não se mata um homem no seu campo". – "Não sou covarde, mas não vou morrer nem matar por uma mentira". Antônio Eleutério vociferou: – "Se é assim, te prepara" – e levantando o revólver, mirou e deu um tiro. Errou, e Silvestre deu um salto para o lado. – "Escute, Major!" O Major então pressionou o gatilho uma, duas vezes, três, Silvestre sempre conseguindo safar-se. Perdendo o controle dos nervos, Antônio Eleutério adiantou-se, e, pegando o outro revólver, ultrapassou a porteira, sempre atirando. Silvestre deu meia-volta, fugindo em direção à casa. Em certo instante já mancava, e pouco depois, num último tiro, caía. Antônio Eleutério susteve-se, sem fôlego. Repôs as armas na cintura e sem pressa dirigiu-se aos cavalos, montando. – "Está feito. Vamos embora".

Ao chegarem de volta à estância, D. Brígida acudiu em pânico, perguntando o que ele havia feito. Ele deu-lhe as armas: – "Fique com elas. Matei o infeliz". – E foi sentar-se em sua poltrona de vime, envolvendo-se em silêncio, "agora é só esperar que venham". E entregou-se a um estado de mórbida estupidez.

Passavam-se as horas. D. Brígida chegava à porta, olhava para fora. Nenhum movimento na noite. Veio a madrugada, e os primeiros galos começavam a cantar. O Major já dormia, ressonando alto. E surgiu o sol, enchendo a sala de luz. O Major desemaranhou-se de seus pesadelos, abriu as pálpebras, olhou em volta e viu a esposa, que tinha as vistas cravadas nele. – "Não vieram?" – ele perguntou. – "Vieram. Vieram para dizer que o Silvestre não morreu". Antônio Eleutério piscou os olhos, atônito, como, não morrera? D. Brígida não respondeu, ajudou o marido a levantar-se e o levou até a cama, e, tirando-lhe as botas, fez com que se deitasse. Ele dormiu até meio-dia. Levantou-se, aparecendo estremunhado na sala. – "Então aquele cachorro ainda teve o desplante de mandar dizer que estava vivo?" – falou para D. Brígida, que se acordava de um sono que a prostrara na cadeira junto à mesa. – "Você deve agradecer" – respondeu a mulher, logo desperta –, "se ele não morreu é porque Deus quis livrar você de matar um homem". – "E Clara Vitória?" – "No quarto". O Major foi até lá e encontrou a filha enovelada a um lado da cama. Disse-lhe: – "É a última vez na vida que você me vê". – E, para D. Brígida, que viera atrás: – "Arrume as coisas dela". – "Para onde ela vai?" A voz do Major era um estertor: – "Vai para a tapera, lá no boqueirão".

6

E DOS RECÔNDITOS DOS APOSENTOS DO Major vieram as ordens terríveis que a Siá Gonçalves cumpria com o coração em tiras, já penalizada pela barbaridade que iriam fazer com a menina, e por primeira vez sentia a surpresa das lágrimas inundando a garganta. Providenciou uma cuidadosa cesta com pão, água e fiambres, e imaginando que Clara Vitória não iria vestir-se por si mesma, foi ajudá-la. Horrorizou-se ao entrar no quarto e vê-la jazendo sobre a cama, os braços em cruz sobre o peito, o olhar preso no teto: era como uma pessoa finada a quem tivesse de aviar para o enterro. Mas reagiu ante essa ideia: tirou-a dali, colocou-a de pé e disse-lhe que ajudasse. Clara Vitória não resistiu, avançando os braços para enfiar as mangas da blusa. – "Quanto tempo alguém consegue ficar vivo no boqueirão?" – ela falou, num resto de voz. A Siá Gonçalves olhou-a: – "Antes de perguntar bobagens, você deve contar para D. Brígida que o Maestro é o pai da criança. Pensa que não sei?". Nenhum sinal de espanto apareceu naquele rosto perdido. – "E contando para sua mãe, você salva o Silvestre. O coitado só por sorte escapou de morrer dos tiros do Major". Clara Vitória fechou os olhos, "então ele está bem, Deus ajudou". Depois disse, firme: – "Não vou contar para minha mãe, nem para ninguém". Já certa do silêncio da ama, segurou-lhe as mãos: – "Jure que vai dizer para o Maestro voltar para Minas Gerais". A ama pôs-se de joelhos e começou a atar os cadarços das botinas: – "Que conversa sem fundamento. Você vai logo sair do boqueirão e dizer isso para ele". – "Quanto mais tempo eu ficar, melhor para o meu amor". A Siá Gonçalves, escandalizada com essas palavras de mulher perdida, terminou de arrumá-la de qualquer maneira, prendeu-lhe os cabelos com uma fita de gorgorão e levou-a para o terreiro. Não querendo expor Clara Vitória aos olhares da escravaria, dos empregados e dos músicos que ali se paravam, curiosos e perplexos, fez com que subisse logo na charrete. O capataz já esperava para levá-la. A menina não reclamava, não se desesperava: já não obedecia às ordens do pai, mas ao destino. Sentou-se no banco forrado com pelegos e ainda olhou para aquele povo, a ver se enxergava o Maestro para dar-lhe um adeus. Depois tirou a fita dos cabelos, beijou-a e deu-a à ama: – "Isso é para ele levar junto quando for embora". O capataz bateu de leve com o relho na anca do cavalo e puseram-se em movimento.

Era um sábado de glorioso verão, de céu azul, cruzado pelo voo dos corvos rondando a charqueada, quando a charrete cruzava a porteira.

Através da fresta da janela, D. Brígida assistira à partida. Voltara ao oratório, onde agora dizia uma estropiada *Salve Regina*, da qual nunca entendera as palavras. Numa esperança, ainda foi à janela – quem sabe mandava dar volta? – mas nada mais enxergou.

No íntimo, não queria acreditar que Antônio Eleutério fosse mesmo sepultar a menina naqueles ermos. O marido era desses repentes: dera surra no filho mais velho no dia do casamento e pouco depois o recebia na estância, como esquecido de tudo. Mas logo ouviu um barulho agitado no corredor, vozes, um ruído de coisas sendo arrastadas. Correu, e o que viu deixou-a hirta: Antônio Eleutério comandava quatro peões, que levavam os baús do enxoval para fora da casa. – "O que está fazendo?" – "Não se meta". – "Como não?" – E D. Brígida atravessou-se entre os homens, ordenando-lhes que largassem aquilo ali. O marido pegou-a pelos braços possantes e empurrou-a. – "Disse para não se meter". – E gritou para os peões: – "Essas imundícies vão para fora". D. Brígida foi atrás, os passos tolhidos de medo: o marido, já no terreiro, rebentava as tramelas dos baús, abria-os com violência, arrancava dali brancas toalhas de mesa, lençóis, roupas de baixo, e com elas ia fazendo um monte disforme, onde as peças se confundiam. Depois mandou derramar sobre aquilo um cântaro de óleo dos lampiões, e ele mesmo trouxe da cozinha um papel incendiado e aproximou a chama, levantando uma labareda. E inflamaram-se os tecidos, um após o outro, transformando-se em espectros incandescentes que luziam sua última e fugaz aparição, para logo desfazerem-se em cinzas. Assim foi até o final, quando sobrava apenas um pedaço de lençol com o monograma *CV* ocupando a metade de uma guirlanda de flores, esperando as iniciais do esposo. Antônio Eleutério amassou-o com o tacão da bota. – "É isso o que acontece com as putas" – gritou, ao ver a esposa à porta da cozinha: – "E de hoje em diante não se fala mais nela nesta casa".

Clara Vitória via alterar-se aquela paisagem conhecida, que passava a ser o cenário de sua morte. Atravessaram campos, transpuseram todas as porteiras, e um hálito frio começava a soprar, encrespando a flor da pele. O capataz não falava, punha um olhar de pena na menina e incitava o cavalo. Deram-se na clareira cercada pelas enormes pedras que pareciam animais. Clara Vitória fechou ao pescoço o casaquinho de zuarte que a ama lhe pusera no último minuto e ficou olhando, fascinada, para o soturno cacto que sempre lhe causava medo, mas que hoje era sua própria alma. Ao meio-dia chegavam num ponto em que as ravinas rasgavam o solo em fendas profundas, impedindo a passagem da charrete. O capataz disse que precisavam apear, sentia-se em condições? Ela respondeu que sim, obedecendo com uma rapidez de criança. O capataz pegou a cesta com o farnel e pediu que ela o seguisse. O tempo já mudava, já escurecia. Clara Vitória recusava a mão ao capataz para saltar um sulco maior, e mesmo quando a botina escorregou no limo de uma pedra e ela perdeu o equilíbrio, por si mesma ela se recuperou, agarrando-se a um galho. – "Que maldade que fazem com a senhora" – disse enfim o homem. E quis consolá-la, afirmando que o Silvestre não fora um covarde. Estava armado, e só não se defendera porque não queria lastimar o Major, preferindo ferir-se ele mesmo. O que era pena, era que não ia ter mais casamento. – "E até a minha mulher andava bordando uns panos para o enxoval da menina, nem sei bem o que era..." – e apertava os maxilares, engasgado – "...só sei que tinha uns passarinhos cantando, o bico aberto..." – "Vamos" – ela disse, firme. Depois de uma hora, chegavam ao boqueirão de paredes altíssimas, e Clara Vitória viu, cercadas de silêncio, a tapera na pequena ilhota do arroio e a videira carregada de uvas. O capataz pediu que ela se enganchasse às suas costas, e assim vadearam o córrego. Quando ele a colocou no chão, Clara Vitória parou-se, olhando: "É aqui que vou morrer". O capataz arrancou a portinhola da tapera, entrou, abriu os postigos e foi tirando tudo para fora. Voltou, pegou uns ramos de guanxuma, atou-os com hastes de junco e assim fazendo uma vassoura, tirou as teias de aranha e passou por todo o chão. Experimentou a solidez das correias do catre, limpou-as e disse: – "Dá para passar a noite". Clara Vitória foi firme: – "Agora vá embora". – "Não posso lhe deixar". – "Se me quer bem, vá, e antes que meu pai dê pela falta".

Desde a hora em que percebera a charrete de Clara Vitória desaparecer na porteira, o Maestro entregara-se a um atoleiro de remorsos. Pudera imaginá-la, pálida de desespero, a procurá-lo entre aqueles rostos mortificados, a chamar em silêncio pelo seu nome. E ele não aparecera para acenar-lhe, encerrado miseravelmente no quarto, cumprindo ordens da Siá Gonçalves, que viera dizer-lhe, repreensiva e sábia que ele não deveria mostrar-se, o caso era sério. No entanto ele agira errado, tudo estava errado, desde quando não se recusara receber Clara Vitória em sua cama, aceitando o prazer fácil daquela carne intocada; mas logo ele se possuíra de um amor do qual desconheceu as conveniências. Faltara-lhe coragem, essa era a verdade, para renunciar àquelas noites intermináveis de paixão, e agora pensava numa forma de encontrar Clara Vitória. O que menos importava era sua segurança de homem. Para dar oportunidade a que seus pensamentos se organizassem por si mesmos, tentou ocupar-se na escritura da música das bodas – para algo serviria –, mas de seu lápis, trêmula, brotava uma sonoridade elegíaca em escala de tom menor. Levantou-se da mesa, veio à porta, voltou à mesa, fatalizado por forças muito superiores às suas. Ouviu baterem de leve à porta: era Siá Gonçalves, que vinha com a fita de gorgorão. – "É para você, que a menina mandou entregar. Ela pediu que você fosse embora para sempre". Ele tomou a fita e levou-a ao rosto: ainda desprendia algo do perfume natural dos cabelos de Clara Vitória. – "E não perca tempo" – acrescentou a ama – "que o Major não está para frescuras. Logo alguém está soltando a língua nos dentes". Ela o fixou: o quê a menina tinha visto nele? Mas foi irresistível dizer: – "Ela gosta muito de você". – "E eu posso morrer por ela". – "Se é assim, obedeça. Vá embora". Mas ele se decidia a não seguir a ordem.

Iria ao boqueirão. Sabia ser a coisa mais difícil que já fizera na vida, o caminho era tortuoso e as brenhas confundiam-se, cheias de perigos. De certezas tinha só uma: precisava vê-la e dizer, com toda sua força, o quanto a amava, e que não iria embora. À porta, olhou para o céu: anoitecia. Lembrou-se, a trilha começava depois da invernada aos fundos da casa. Uma vez percorrera esse caminho até ao ponto em que avistava o boqueirão, assustando-se e dando volta. Mas Clara Vitória hoje valia muito mais do que seus medos. Escondendo-se entre as árvores do terreiro e contando com a familiaridade dos cães, adiantou-se. Ao chegar à porteira que dava acesso à invernada, parou, percebendo ali um peão sentado, que dormitava imóvel com uma espingarda entre as pernas. Avançou, conseguindo descerrar a porteira com infinito cuidado. Deixando-a aberta, seguiu. Já ia rápido em direção à trilha quando escutou: – "Aonde vai?" Voltou-se: o peão vinha ao seu encontro. O Maestro tentou argumentar: – "Vou espairecer um pouco". – "Pessoa nenhuma pode ir por esse caminho". O homem não brincava. E o Maestro submeteu-se, regressando de cabeça baixa, nada mais podia ser feito. Entrando no quarto, acendeu a vela e ficou à mesa, entregue a uma raiva inútil, imaginando Clara Vitória vivendo os terrores da noite, sozinha em seu desamparo, naquele fim de mundo onde viviam as mais terríveis feras que ele criava em sua fantasia. Pensou em atitudes vagas e desesperadas, como embebedar os peões, oferecer-lhes dinheiro, enfrentá-los à bala, mas reconhecia:

era apenas um músico, para quem as dificuldades são mais penosas do que para os comuns. Algo, entretanto, era cada vez mais claro: mesmo na sua fraqueza, tiraria Clara Vitória de lá, nem que fosse sua última ação nesta vida.

Já não havia sol no boqueirão, e a pouca luz da atmosfera, esbatendo-se nas cristas vegetais das altas paredes de rocha, chegava embaixo transfigurada numa tênue claridade que dissolvia os contornos. Clara Vitória destapou a cesta e comeu. Depois veio deitar-se no catre, agora forrado com os pelegos da charrete, que o capataz fora buscar antes de ir-se. Mas dormia em intermitências, assenhorando-se daquele ambiente escuro de fuligem, onde imaginava perceber, num tremor assombrado, o tatear macio das patas das aranhas que se moviam sobre o chão de terra. Lá fora instalava-se uma noite irreal, embalsamada de mistérios, e ela ouvia os pequenos sons das aves das sombras, que faziam uma harmonia de abandono: agora, o pio de uma coruja vadia; mais tarde, os gritos agônicos e repetidos dos bacuraus e curiangos, voejando à busca das presas. E sentiu uma aragem úmida, saída do nada que, como um ser vivo, girava em torno do catre e corria pelas paredes, fazendo oscilar as espigas de milho penduradas no teto. Fechou os olhos e encolheu-se, os cabelos eriçados, mas o vento persistia, envolvendo-a numa carícia de morte, gelando a pele com seus dedos invisíveis. Queria gritar, mas a voz não vencia a garganta. E passou a escutar, num extremo de terror: de início um débil gemido à distância, igual ao pranto de uma criança ferida, e que modulava para um clamor lúgubre, reboando pela cavidade do boqueirão. Tanto podia ser verdade como sonho, e ela projetava-se num pânico ao ouvir como o gemido aumentava, convertendo-se nos gritos desesperados de um louco. "É o aviso da morte". Abriu os olhos, arfante. Fez-se um imediato silêncio, apenas rompido pelo ruído líquido das águas.

No passar das semanas, os da casa concluíam que a determinação do Major era muito mais séria do que se supunha. Nunca mais falara na menina. As notícias da filha vinham a D. Brígida pela Siá Gonçalves, em relatos às escondidas; a ama dava-lhe conhecimento do que o capataz dizia: quando, em noites alternadas, o homem ia levar um farnelzinho para a menina, punha a cesta em frente à portinhola da tapera, olhava dentro, via que ela estava dormindo bem. E voltava num pé só, para estar de volta antes que o Major acordasse. Na alma indigente de D. Brígida jamais houve espaço para as sutilezas dos sentimentos: nos instantes mais acesos, acossada pela enormidade do castigo e imaginando que Clara Vitória até pudesse morrer, pensava em resgatá-la do boqueirão e recolher-se com ela para o Caverá; noutros, estava certa de que ela precisava de um corretivo, porque desonrara a casa para sempre, iludindo a todos numa desfaçatez sem nome. E assim, sem saber o que pensar, levava uma existência de misérias; deixou de cortar a barba, e andava o tempo todo com o lenço em volta do rosto, assustando as crianças. Dormia mal, exaltada por pesadelos de morte. Passava o dia em frente ao oratório, pedindo alguma iluminação. Suas tentativas de falar com Antônio Eleutério – e cuidava para não dizer o nome da filha, numa retórica de subentendidos – resultavam em malogro: o Major escutava-a numa desatenção hostil; ao fim, apenas dizia: – "Era isso? Então passe bem". E voltava para o que estava fazendo, que, naqueles dias, era apenas o deitar-se na rede, sorver lentamente o mate e fumar o cigarrão de palha. Não tinha mais interesse por nada. Seu único sinal de vida era quando exigia que a orquestra fosse ensaiar na capela. Escutava-a olhando para o teto, e já não marcava mais o compasso. Duas semanas depois, mesmo os ensaios passou a desdenhar. Já não se importava que os músicos não tocassem.

O Maestro ainda tentou achar um meio de encontrar-se com Clara Vitória, mas pouco a pouco foi abandonando a ideia pela absoluta impossibilidade de fazê-lo. Tinha longas conversas com Rossini, que tentava consolá-lo, dizendo que um dia o Major ia mudar de ideia. Entretanto não se convenciam, ambos: a reclusão da filha era definitiva.

Em volta, falavam. De início, conversas ouvidas nos bolichos, que chegavam à Siá Gonçalves através de sua malha de peões bisbilhoteiros, e que ela ia contar para D. Brígida. Dizia-se que o Major havia enlouquecido, e o tom geral era de indignação pelo exílio da menina, com o qual, aos olhos dos outros, D. Brígida compactuava.

Um dia o Maestro deu-se conta de que nada mais havia a ser feito, e passou a alimentar a fantasia de ir embora, mas não para as Minas: iria embora para Porto Alegre. Foi falar com a Siá Gonçalves, que lhe disse que já deveria ter feito isso. – "E deixe a menina comigo. Ela está bem, e quando acontecer o bom sucesso, vou estar junto dela". Desconsolado, comentou o fato com Rossini. Este o ouviu, cuspiu para o lado e no fim concordou, era a melhor coisa a ser feita no momento. E estar em Porto Alegre afinal não era estar no inferno. – "E sabe o que mais?" – acrescentou – "me disponho a ir junto. Estou tão amarrado ao senhor como o senhor a mim. Acho que vamos ter de aguentar um ao outro pelo resto da vida". O Maestro sentiu um aperto na garganta: – "Me acompanha, mesmo?" – "É como falei. Mas tenho outro motivo: ainda não aconteceu o último ato dessa ópera. E eu preciso estar por perto para saber como termina". – "Perverso". – "Não. Um amante do drama musical".

A decisão foi abreviada naquela mesma tarde: o Major chamou o Maestro para o lado da rede e, com o rosto voltado para outro lado, disse: – "Você e sua orquestra vão embora. Já estão pagos, não temos mais nada a acertar". O Maestro curvou-se silenciosamente, a alma aliviada.

Enfim, os fatos se resolviam por si mesmos. Rossini comunicou aos músicos que se desfazia a Lira, e que cada um buscasse seu caminho, podiam ir para

Porto Alegre, enfim sempre encontrariam onde tocar. Ele e o Maestro, por exemplo, iriam para Porto Alegre. Os músicos aceitaram sem muitas queixas, afinal não tocavam fazia três semanas.

À noite, o Maestro escreveu carta apresentando suas razões ao Vigário, confiando-a à Siá Gonçalves. Depois, num gesto mecânico, começou a arrumar seu baú, recolhendo tudo o que lhe lembrava os momentos que ali vivera. Hesitou ante a pequena mecha dos cabelos de Clara Vitória; mas tremulamente envolveu-a num lenço e guardou-o no bolso junto ao peito.

Na manhã seguinte tomou a trilha, vendo a estância ir-se diluindo na paisagem até ficar um ponto branco na elevação, ele suspirou: fazia o que deveria fazer. Clara Vitória já se enovelava num mundo todo seu.

"Aceite Deus meu sofrimento", dizia o Vigário ante seu Cristo no Tronco. De todas as provações, essa era a maior, e nem a anunciada visita de Silvestre Pimentel poderia trazer alguma novidade.

Chegou à tarde, silencioso e triste, e depois de beijar-lhe a mão, foi sentar-se no trono barroco que agora parecia excessivamente luxuoso. – "Não espere nada de mim, Padre. Vim só dizer que vou embora". – "E para onde?" – "Tenho ainda campo em São Gabriel e Alegrete, o senhor sabe. E levo junto o Afilhado e minha tia". O Vigário quase disse algo, por dever precisava dizer, mas a determinação de Silvestre o imobilizava. – "O que aconteceu, como tudo terminou assim?" – murmurou, sem forças. – "Terminou porque um homem não pode ser humilhado dessa forma. Só não abati o Major porque não sou covarde de matar um velho". – "E Clara Vitória?" Silvestre Pimentel baixou a cabeça: – "Não quero mais ouvir falar nela". – "Ela está sendo vítima de uma injustiça". – "E cabe a mim reparar?"

A lógica era perfeita. Realmente, por mais que o Vigário falasse, por mais que invocasse argumentos agora tardios, ali estava um homem ferido. Sim, deveria convencer-se: como servo de Deus (embora seus tantos pecados), tinha o dever de esquecer, de sepultar todas as ofensas e contrariedades na vala comum dos créditos celestes. Restava-lhe sempre a certeza da Recompensa, e era fácil perdoar, quase um hábito. Mas com Silvestre, não. Era um homem que pertencia a um mundo no qual a contabilidade divina significava apenas um exercício de fantasia religiosa. Era assim, a lógica dos campos: aqui se faz e aqui se paga.

Depois de alguns minutos em que apenas se olharam, medindo as possibilidades recíprocas, o Vigário levantou-se: – "Vamos ver a minha horta?" Silvestre seguiu-o. Conversaram sobre o verde das alfaces, sobre as vagens do feijão; quando começava a declinar o dia, Silvestre estendeu a mão ao Vigário: – "Já conversamos tudo, não é mesmo? Mas quero que saiba: não quero mal a ninguém. Nem a Clara Vitória. Adeus". – "Vá em paz" – respondeu o Vigário.

O que custava desejar-lhe paz? Duas lógicas ali se cumpriam.

E ao ver Silvestre Pimentel montar em seu tobiano, o Vigário tinha certeza de que era pela última vez. Tentou rezar, nessa noite, mas só conseguiu conferir seus barômetros.

Logo na chegada a Porto Alegre, o Maestro e Rossini souberam que o Mestre Mendanha havia morrido, e que o primeiro-rabequista assumira provisoriamente o posto. Esperançados, apresentaram-se ao cura da Catedral. O Maestro disse que poderia assumir o posto do falecido; quanto a Rossini, era um dos melhores rabequistas do Império. Havia ainda outros músicos, bastante bons, e que poderiam ser aproveitados. O cura fez poucas perguntas e prometeu uma resposta para o dia seguinte, precisava de consultar o Bispo. D. Feliciano Rodrigues Prates lembrou-se imediatamente do Maestro, daquela vez em que estivera em Rio Pardo e escutara a Lira Santa Cecília. Correu-lhe a cobiça pela alma, e nem querendo saber os motivos pelos quais o Maestro havia abandonado a estância do Major Antônio Eleutério, mandou contratá-lo. E Rossini poderia, se quisesse, ficar como rabequista-ensaiador. Quanto aos outros músicos, não havia lugar para eles.

As funções do Maestro seriam rotineiras: apresentar-se nas missas, nas novenas e, consentindo o Bispo, levar a orquestra para tocar nos infalíveis bailes que a sociedade inventava em benefício da Santa Casa ou do Asilo dos Pobres. Voltava à submissão da Igreja, o que detestara no passado, mas que agora, estranhamente, lhe dava segurança. Hospedaram-se numa pensão próxima à Catedral, e, por economia, ficaram no mesmo quarto, aliás bastante amplo para conter duas camas, um piano alugado e o baú de partituras. Rossini, nos primeiros dias, dedicou-se à tarefa de acomodar os músicos nos cabarés e bandas da cidade, o que conseguiu com muita lábia e debaixo de salários execráveis. Num entardecer chegou à pensão, atirou o chapéu no cabide: – "Mas que merda, sempre que alguém estuda um instrumento, não é para acabar assim, tocando fundo musical para marcha de soldado e arreganho de marafona". Ficou sério, suspirou: como de outras vezes, o Maestro não o escutava, preso à janela, de onde via o pôr do sol no Guaíba.

Era assim, nos últimos dias. Passada a trabalhosa semana inicial, o Maestro foi adentrando numa degradação de saudades. Era sina, era perdição, era castigo. Cumpria seus deveres, mas já sem sabor, e com frequência esquecia-se do que estavam executando. Não pronunciavam o nome de Clara Vitória, embora ela estivesse presente nos claros das conversas, quando ficavam a olhar-se. Rossini tentava distraí-lo, contando de suas recordações de óperas e do Mestre José Maurício. Certa vez convidou-o para irem ao São Pedro, onde havia uma récita do *Barbeiro,* levada por uma companhia italiana: – "E é de Rossini, Maestro, o Rossini original, não esta imitação barata". Foram. Aquelas cenas iniciais, a ária do Fígaro, tinham para o Maestro um sabor aborrecido, mesmo com as evoluções canoras do protagonista: – "Artificial"

– murmurou durante o estrépito das palmas –, "não ouço sentimento". Mas o drama de amor do Conde de Almaviva e Rosina conseguiu despertá-lo, e ao final da *Serenata*, ele estava comovido. Pediu para saírem antes do fim da ópera. Durante a caminhada pela rua do Cotovelo, vinha quieto, as mãos enterradas nos bolsos. – "Como termina?" – perguntou à porta da pensão. – "Em casamento". O Maestro girou lentamente a chave na fechadura, e subiram para o quarto. Foi uma noite em que não dormiu, e nem nas seguintes.

Fazia as mesmas coisas: depois dos ensaios, voltava à sua janela, olhando o poente cada dia mais púrpura nas paragens além do rio, além dos campos. – "É para lá que fica a estância do Major Antônio Eleutério" – dizia. Sentia-se perdido e infame. Não deveria estar ali, era um intruso naquela paisagem feérica. Como as tocatas de domingo tornaram-se um martírio, deixou a Rossini a tarefa de escolher as músicas. Levado por seus gostos, o rabequista distribuía entre as estantes aquilo que sua imaginação operística sugeria, e assim executavam uma sucessão de árias profanas; o fato não passou despercebido ao Bispo, que ficou escandalizado ao escutar uma alegre cena de amor em plena missa fúnebre pelo Marechal Pereira Neves, e mandou alertar que a orquestra estava descuidando do repertório. – "Sabe o que mais?" – disse Rossini ao Maestro, quando voltavam – "o senhor está é precisando de divertimento". E nessa noite levou-o a uma casa de putas. Naquele ambiente saturado de charutos e álcool, o Maestro não se achava, e mesmo o bandolim que Rossini lhe apresentou era um instrumento morto. Tentou arrancar-lhe algumas notas, devolveu-o: – "Toque você, que é feliz". Uma das mulheres aproximou-se com um copo de vinho e, entregando-o ao Maestro, disse que ele estava muito triste. A mulher era pequena, ágil, risonha, e tinha os cabelos de vários matizes. O colo mal tapado deixava à mostra metade dos seios. O Maestro então pensou no longo tempo que não tinha fêmea, e execrou Rossini, que o pusera naquele precipício de desejos. Bebendo, esqueceu-se de si e logo passava a mão naquelas carnes sem dono. Quando ela mostrou uma chave e convidou-o para subirem, deixou-se levar. Desceu meia hora depois, um gosto acre decompondo a boca, e com a certeza de que fizera uma grande besteira. De volta à pensão, disse a Rossini tudo o que sabia de insultos, a que o outro escutou com um sorriso impassível: – "Pode falar, suas ofensas não são contra mim".

Em seu exílio, Clara Vitória acostumava-se à sucessão poderosa do sol e ao giro delicado da abóbada celeste que, nas noites, carregava o silêncio das constelações no rumo das paragens sem fim. Seguia a trindade religiosa das Três-marias, imaginando quantas mulheres as teriam visto em outras eras, e quantas a veriam depois que ela morresse. Era um instante sem tempo nem lembranças, em que seu destino diluía-se na sorte comum de todos os seres, o que ela dizia assim: hoje sou eu que vejo, amanhã outra, e assim para sempre. Não se surpreendia mais ao encontrar, dia sim, dia não, frente à porta, a pequena cesta com frutas, pão e leite. Sentava-se sobre os calcanhares e comia sem pressa, prolongando aqueles momentos. Descobriu alguns animais que buscavam devorar as sobras. Um gambá veio equilibrando-se num ramo suspenso sobre a água, oscilou, firmou-se, prosseguiu, e, quando chegou à margem, Clara Vitória imobilizou-se dentro da tapera para vê-lo comer cascas de banana: era o Companheiro, que dois dias depois trouxe outro. No terceiro dia já eram vários. No quarto dia o vento soprava forte dentro do boqueirão, e ela estava pensativa junto ao arroio, molhando os pés, imaginando onde já estaria o Maestro, quando não acreditou: como num sonho, vinham sons espaçados, longínquos mas familiares, de uma corneta perdida. Atentou mais: era a orquestra! – ou não seria? Mas foi só. Depois, por mais que tentasse, nada mais escutava, era apenas o vento. Nesse instante sentiu um estremeção dentro de si, como se as entranhas se acomodassem. Levou a mão ao ventre e pôde sentir, agora com nitidez, a criança. Despiu a blusa, a saia, e entrou na água, submergindo a cabeça. Prendeu a respiração, amoleceu os membros e deixou-se ficar. Assim seriam duas mortes, e os céus a entenderiam. Mas logo emergia, espantada, aspirando o ar com força. Não tinha esse poder sobre o que não lhe pertencia. Veio para a margem, deitou-se com os braços abertos sobre a vegetação rasteira deixando-se inundar pelo calor do sol. Era essa, a eternidade da morte? Pensou em encontrar o capataz quando ele viesse deixar a cesta, mas desistiu: não saberia mais falar com ninguém, pois suas palavras já eram outras. Palavras, se as tivesse, seriam apenas para o Maestro, quando o encontrasse no outro mundo.

A estância era agora um lugar evitado por todos. Mesmo Paracleto Mendes, o que se orgulhava de ser o mais chegado da casa, desfrutando de assento ao lado do Major nas tocatas; mesmo aquele Paracleto Mendes de tanta consideração e rapapés com todos e cuja única preocupação conhecida era safar-se da cupidez dos sobrinhos, mesmo ele deixara de vir, negando-se a uma amizade que Antônio Eleutério supunha inabalável. O Vigário, entretanto, depois de meditar perante seu Cristo do Tronco, resolveu-se a ir. Apareceu numa tarde, assombrando-se pelo silêncio de cemitério, pelo opaco dos rostos, pelo cenário de desolação onde nem os cachorros latiam. Arrepiou-se ao ver que a capela fora cerrada por uma tranca. Perguntou a Siá Gonçalves onde estava D. Brígida. Estava no quarto, e dissera "para ninguém chamar ela por nada desse mundo". A ama então o pôs a par da menina, o farnelzinho que o capataz levava, tudo. E que ele não tentasse ir ao boqueirão, porque o Major pusera homens vigiando a trilha. Indignado, o Vigário foi falar a Antônio Eleutério, encontrando-o como desfalecido em sua rede, a olhar as copas das árvores. Sem sequer cumprimentá-lo, logo disse que era uma desumanidade tudo aquilo, ele deveria acabar com aquela falta de cristianismo que clamava aos céus. A menina não poderia ficar sem os sacramentos. Já nem falava no amor paternal, nem no dever de assistência a qualquer familiar, nem na caridade, era uma questão dos códigos canônicos, que proibia a todo católico de impedir a ação dos ministros da Igreja. – "Que sacramentos? que menina?" – perguntou o Major, os olhos vazios. O Vigário empalideceu: – "Clara Vitória, sua filha". O Major pôs-se de pé: – "Padre" – e repuxou as calças por sobre a barriga –, "nossa amizade terminou hoje. Proíbo o senhor de voltar aqui". Surpreso, o Vigário entendeu que fora até suas últimas possibilidades, mas ainda alertou: – "Se o senhor deseja assim, será. Meu dever me obriga a dizer que se acontecer alguma coisa com a menina, o senhor será o culpado. Não se deixa ninguém sem o conforto espiritual. Depois, não me procure para o perdão". – E foi embora, furioso, na certeza que aquilo não terminava daquela maneira.

Rossini não encontrava forma de tirar o Maestro de sua lassidão. Inventou passeios: nos domingos, se estava tempo bom, tomavam à tarde o barco no cais em direção ao arraial do Menino Deus, onde invariavelmente havia festa. Junto ia sempre um bando de moças atarantadas, contando anedotas em calão das ruas. Cansadas de rir, procuravam conversa, mas não se fixavam em assunto algum, e troçavam do caráter melancólico do Maestro. Certa vez, como houvesse um bandolim, insistiram com o rabequista para que o tocasse, e ele não se intimidou, e assim improvisou-se uma tocata aquática a que o Maestro ouvia sem prestar atenção: olhava para os lados do Oeste, para o pampa sem fim que ele sabia estar além das margens do rio, por detrás das primeiras coxilhas. – "Ei, triste" – as moças o chamaram – "que falta de sentimento..." – "Tenho mais sentimento do que vocês todas" – ele respondeu, sério, recolhendo-se ao fundo do barco. E elas não perguntaram mais. No arraial, Rossini e o Maestro percorriam as barracas de sortes, jogavam na tômbola e faziam cair os patinhos do tiro ao alvo. Numa tarde arrebataram duas garrafas de vinho do Porto, que Rossini abriu durante o trajeto de volta e, cavalheiro, ofereceu às moças. Sem copos, elas beberam no gargalo, chegando meio tontas no cais, e foi preciso ampará-las para que pudessem descer pela prancha. Uma delas tombou sobre o Maestro, enlaçando-se a ele. Chamava-se Paulina, trabalhava de arrumadeira no palácio do governo e de sua frágil juventude sobrara um certo ar de desentendida que a fez dizer: – "Sempre que subo, custo a apear". O Maestro sentiu o vago perfume de amêndoas misturado a uma ponta de suor feminino, e delicadamente afastou-a. Paulina fez uma cara aborrecida e ante o ciúme de todas, deu-lhe um beijo na boca. Rossini riu: – "Ele é homem comprometido, dele não vão conseguir nada". – "Não mesmo?" – o Maestro também riu, e beijou-a. No outro dia, ele a procurou na saída do palácio, e à noite estavam na casinha e na cama de Paulina, para os lados do Riacho. Por nove dias voltou, e parecia haver reencontrado a vida. No décimo dia, ao regressar para a pensão, Rossini acordava, e perguntou como fora a noite. – "A noite?..."

E caiu de um mal indecifrável, tinha febres que o prostravam como um moribundo. Recusava-se a sair da cama, o que fez Rossini improvisar-se de regente da orquestra no domingo seguinte. O médico da Santa Casa, depois de saber de toda história, não deu importância, aplicando-lhe sangrias e purgantes. Como era um homem muito velho, disse que aquilo eram coisas de jovem, "especialmente se há amores pelo meio". Rossini observava seu doente: um lenço de cambraia, encharcado por suor maligno, modelava as formas do rosto, não falava nada, e o peito mal se movia numa respiração curta e angustiada. Sua cama aos poucos transformava-se num monturo sórdido, e os lençóis, não trocados, apresentavam rasgões do tamanho de um palmo. "Não vá esse homem morrer nas minhas mãos", pensou o rabequista e, para fazer uma graça nervosa consigo mesmo, "que nem para o enterro tenho dinheiro". Trazia-lhe comida, que ficava esfriando na mesinha de cabeceira. Durante as madrugadas, o Maestro recolhia alguma força, levantava-se, ia à janela, abria-a ao ar cortante da madrugada e ficava a olhar para o céu. – "Será que Clara Vitória está vendo isso?" – perguntava a ninguém. Ficava quase uma hora debruçado, imóvel. Depois vinha deitar-se, cobrindo-se por inteiro. Amanhecia imerso em sua grande dor, como se nada mais lhe restasse senão esperar a morte. E no domingo, apenas dizia, pálido: – "Vá, Rossini, dirija mais uma vez a orquestra por mim". – "Vou, mas isso ainda acaba mal".

Clara Vitória viu amarelecerem as folhas da videira, e depois, caírem uma a uma, forrando o solo de sua pequena ilha. O ar era mais fino nas madrugadas, os dias vinham cheios de sol, e o céu ganhava, nos entardeceres, a luz oblíqua do ouro antigo das auréolas dos santos. A natureza acomodava-se à nova estação, cumprindo um ritual mágico, sempre previsível, sempre o mesmo, mas sempre novo. Ela se esquecia do que era o mundo. A estância onde sempre vivera parava-se num espaço improvável, tão perto e no entanto tão distante. As lembranças vinham por fragmentos: ora via-se moça, curvada sobre o enxoval ou secando os cabelos no patamar, ora menina, chamando o gato pelos corredores. Mas aquela era outra pessoa, e não a de agora. Mesmo do Maestro as recordações eram dispersas: enxergava-o regendo a Lira nos concertos campestres, voltando os olhos para ela; recordava-se depois, numa fresta da memória, do momento em que ele chegara à estância, com seu baú. Perdia-se ao buscar as noites no quarto de hóspedes, e tudo se confundia numa evocação de gestos e de palavras. Ele já deveria estar em seu refúgio das Minas, entre as montanhas. Talvez a tivesse esquecido, talvez se lembrasse dela por um momento, ao olhar distraído para as músicas que havia composto na estância. Imaginava-o bem feliz, com a casaca negra, a camisa impecável, dirigindo novas orquestras entre os seus, e isso a deixava confortada. O universo de Clara Vitória era, agora, aquela tapera que aos poucos ela ajustava à sua presença, e que a agasalhava: limpava o chão a cada manhã, escarvou com um ramo de árvore as paredes, livrando-as do picumã, e teve o gesto doméstico de observar como se alteava o pé de manjerona do campo na panela sobre o fogão enferrujado. O velho catre já possuía as marcas do seu corpo. Os cabelos cresciam, atingindo os seios, e as unhas ela as raspava numa pedra. Vestia-se com as roupas que a Siá Gonçalves mandava, e ficou encantada quando viu, um dia, que ela lhe pusera junto ao farnel um vestido largo de grávida. Assim seria vista por outro: a barriga volumosa, as pernas inchadas, e o ar profundamente lento. Não lamentava sua sorte, não recriminava ninguém, nem o pai, nem a mãe, era como se todas as emoções estivessem amortecidas. Mais cedo ou mais tarde viria o nascimento da criança, e deixava à sorte, algo iria acontecer.

O Major agora prendia-se a alucinações: nos domingos fazia abrir a capela e sentava-se frente ao altar, acompanhando os concertos invisíveis de sua Lira. Ao final, aplaudia, e as paredes nuas reverberavam o som espectral das palmas. Saía dali com os olhos transtornados, e o sorriso idiota dava-lhe o aspecto de um animal selvagem. Já não falava quando lhe dirigiam a palavra. Raramente o viam sóbrio. Os filhos tentaram por algum tempo manter a ordem do estabelecimento; mas como já havia terminado a estação, abandonavam-se ao entorpecimento das tardes, e aos poucos o capataz controlava tudo à sua maneira. Bobó, reassumindo sua antiga fraqueza, voltara a espionar as negras, e o do meio, mais prático, um dia pensou em deixar a estância, e foi pedir ao pai antecipação de sua herança para estabelecer-se por sua própria conta. Antônio Eleutério rechaçou-o com uma dezena de impropérios e lhe disse que nunca mais falasse no assunto.

Passado o tempo, o nome proibido de Clara Vitória apenas vagava, quase inaudível, entre as panelas da cozinha e as rodadas de mate dos galpões. Quando o capataz voltava do boqueirão, cercavam-no, querendo saber mais sobre a menina, se não passava frio, se a tapera não deixava entrar chuva. Mandavam-lhe coisas, uma caixeta de goiabada, pão novo, pedaços de linguiça, que eram incorporados ao farnel de Siá Gonçalves. A ama passara a dedicar-se somente à menina, e recolhia as roupas sujas que ela deixava à porta da tapera e que o capataz trazia, substituindo-as por outras. E fazia suas contas: aproximava-se o bom sucesso da menina, e ela pensava o que fazer quando chegasse a hora.

D. Brígida de Fontes caía num pasmo estúpido, e num dia chegou à conclusão de que tudo aquilo era muito pesado e inextricável para o que podia perceber da vida. Arranjou um dos tantos quartos para si e mudou-se, com seu oratório e seus bordados. Nas poucas vezes que a enxergavam, a barba enegrecendo o rosto, o aspecto terrível de uma harpia, era como se vissem uma caricatura de sua alma. O Major não se importou em ficar sozinho, e como impedia que o molestassem, seu quarto transformava-se num abandono de coisas: roupas pelo chão, botas desirmanadas pelos cantos e, pairando, um fedor irrespirável de mijo. Suas ordens porém continuavam, cruéis, e peões guardavam a trilha que levava ao boqueirão. Só o capataz, com sua autoridade, ultrapassava as fronteiras do mistério. A Siá Gonçalves, entretanto, acertava-se com a Siá Parteira, mandando que ela estivesse pronta ao primeiro chamado.

E fiz bem, pensou naquele dia em que estava na cozinha remexendo uma panela de carne com mandioca e o capataz voltou do boqueirão e, com os olhos arregalados, contou que ouvindo gemidos da menina, entrara. Vendo que se tratava de assunto de mulher, e sem coragem para tomar uma providência, voltara rebentando o cavalo para avisar. Não, a menina não dissera nada, só olhara para ele com as vistas tontas, mas era como se estivesse pedindo que alguém fosse lá. A Siá Gonçalves excomungou os homens pela eterna falta de iniciativa, a menina podia morrer naquele cafundó, mas era mais importante agora fazer aquilo para o qual estava preparada: correu ao quarto de D. Brígida e anunciou-lhe que iria atender a Clara Vitória, e, sem esperar que ela lhe respondesse, foi buscar a Siá Parteira, pegou uma pequena mala já pronta havia semanas e determinou ao capataz que as levasse ao boqueirão, eram ordens da patroa. Logo ao vadear o arroio, a Siá Gonçalves percebeu o silêncio de morte que envolvia a tapera. Trêmula, abriu a portinha e suspirou: Clara Vitória estava no catre banhado em sangue, mas viva, e tinha ao lado a criança, ainda presa ao cordão. Siá Parteira, sem dizer uma palavra, pegou seus instrumentos e completou o trabalho, levando depois o bebê ao arroio, livrando-o das crostas e gosmas. – "É uma guria" – disse, ao voltar carregando-a entre os braços. – "E pesada". A Siá Gonçalves tomou a menina, envolveu-a carinhosamente em panos imaculados e, colocando-a de volta nos braços da velha, foi cuidar de Clara Vitória. – "Agora você está livre. Vou mandar a criança com a Siá Parteira, tem na estância uma negra que deu à luz e pode dar o peito para ela". – E depois: – "E vou ficar aqui com você". Clara Vitória fez um gesto de que queria ver a criança. A Siá Parteira atendeu-a, colocando-a ao lado da menina. Ela afagou os cabelos negros e abundantes da filha, demorando-se na contemplação dos olhos e da testa. – "Bonita" – disse. – "Bobagem. Nenhum recém-nascido é bonito. E vai ter a cor do pai" – disse a Siá Gonçalves, arrependendo-se do tom repreensivo. Tomou o bebê e devolveu-o a Siá Parteira, em meio a mil ordens de que deveria entregá-lo sem demora à ama de leite, e que D. Brígida, e muito menos o Major não visse aquilo. Quando ficaram a sós, veio sentar-se ao lado da menina, tomou-lhe a mão e fez com que adormecesse.

Clara Vitória acordou com um arrepio e depois, ao sair da tapera, deparou-se com o ar coagulado por uma forte névoa que fazia desaparecer as parasitas e arbustos do boqueirão, desgastando as formas ásperas das escarpas, transformando-as em sombras gigantescas. Ela gostava desses quadros de sonho, sempre gostara: as coisas tornavam-se miraculosas, assim ocultas pela cortina de gotículas que orvalhavam o rosto e os cabelos. A cerração era uma nuvem que se esquecia de subir ao céu, dizia o Vigário nos seus momentos poéticos, e era preciso que o sol viesse espantá-la. Clara Vitória lembrava-se das cerrações vistas de seu quarto da estância, e era uma lembrança doce, quando ainda o conforto da casa a protegia: apagavam-se os campos, não havia os animais pastando, as árvores sumiam, e não se sabia onde terminava a terra e começava o manto de neblina; mas súbito, como se Deus tivesse erguido Seu Dedo Poderoso, a cerração incendiava-se num espasmo de luz, e era preciso premir os olhos para não se ficar cego; pouco a pouco abriam-se frestas de infinito, e de repente o céu era um cristal gélido e azul, marcando com nitidez as bordas das poucas nuvens de bom tempo. Hoje, contudo, ela gostaria que nunca se desfizesse aquele quadro, para que seguisse imaginando; logo, porém, seguindo o previsível, o sol surgiu, trazendo à luz os fortes paredões, que assim readquiriam sua ameaçadora realidade de coisa pétrea.

E assim foi no dia seguinte, e no outro. Havia manhãs sem neblina, quando o ar acordava quieto, imóvel em sua frialdade, e a grama em volta da tapera era branca como louça japonesa, e quebrava sob os pés. Clara Vitória vinha para a frente da porta, envolvia-se no casaco de lã merina que a Siá Gonçalves mandara logo ao primeiro frio, e bafejava as mãos arroxeadas. Perdera o sentido do tempo, e os dias eram marcados de dois a dois, quando o capataz vinha trazer o farnelzinho. Uma certa madrugada de muita saudade, quando não se lembrava mais da forma humana, quando já duvidava que o mundo ainda existisse, esperou-o. Já havia uma pálida luz, e ela viu quando ele atravessou o arroio e se aproximou sem fazer ruído, pronto a depositar a cesta no lugar de sempre. Clara Vitória então ergueu o couro da portinhola e parou-se à frente dele. O homem estacou, olhando-a num pânico de surpresa, sem dizer nada, vendo ali, materializado em carne macerada, um corpo outrora tão ágil e vivo. Ela recolhia todas as forças para falar, para ter um gesto sereno e talvez de amizade, mas nada lhe vinha a não ser a sensação de que não pertencia mais a nenhum mundo, e era como uma sombra antiga de si mesma. Ficaram ali, olhando-se, um não acreditando na presença do outro, e, antes que o capataz dissesse qualquer coisa, Clara Vitória fez-lhe um gesto mudo, que ele compreendeu: largou a cestinha ali ao lado e dando meia-volta, saiu sem olhar para trás, atravessou o arroio e desapareceu em meio às macegas. Clara Vitória baixou a cabeça e de imediato deu-se conta de que mandara embora o capataz sem nenhuma palavra, e que logo não saberia mais falar, e, alucinada, começou a gritar para o que via: passarinho! árvore! nuvem! sol! sol! nuvem! Tentou lembrar-se das coisas de antes, do tempo em que vivia na estância, mas apenas vinham à cabeça as formas e as cores, e escapavam as palavras. E de repente caiu em si, as coisas iriam continuar existindo mesmo que não gritasse mais nada, e veio a ideia de que ela não importava mais na organização do universo, e que tudo se arranjava e se preenchia mesmo sem ela, sem que ela nada dissesse. E então decidiu que iria esquecer dos nomes de tudo; pelo menos não carregava a angústia de pensar, podendo viver na mais pura existência, no contato da pele com o ar, com a água, com a terra e a grama, sentindo os cheiros vegetais que constituíam a atmosfera do boqueirão. Se escutava o som do riacho, recostava-se para ouvi-lo, não se preocupava mais em armar uma frase para dizer "como é bonito", era apenas um momento de sentir sem que nada estivesse de permeio; assim como os animais, que não falavam e conheciam tudo. Acocorando-se à beira d'água, via os peixinhos nadando contra a correnteza, e aquilo lhe bastava – as pessoas sabem coisas demais, e lembrava-se de como o Vigário sempre queria conhecer o nome de uma árvore ou de um peixe, incomodando todo mundo, e ficava indignado quando não lhe sabiam responder: com isso perdia ocasião de desfrutar o momento.

E muito tempo se passou sobre isso. Clara Vitória, como quem se desfaz de uma pele muito antiga, perdia a noção de si mesma, e quando veio a nova primavera, surpreendeu-se com o sol vagaroso no céu e com o calor. Quando deitava na água seu grosso casacão, observando como este submergia ao peso do inverno que se incrustara em tantos meses de névoas, e quando ria dos peixinhos assustados, viu que uma mulher cruzava o arroio e vinha em sua direção. Reconheceu-a, embora não acreditasse. Era Siá Gonçalves, trazendo uma cesta. Veio, beijou a testa de Clara Vitória e sem dizer uma palavra, tirou da cesta um tesourão, mandou que a menina se sentasse sobre uma pedra e começou a trabalhar com a rústica perícia de quem não se entrega aos sentimentos, podando-lhe os cabelos grossos de gordura. Clara Vitória a tudo se entregava com a gratidão de quem há muito não sente contato humano. Depois Siá Gonçalves pediu-lhe as mãos, cortou-lhe as unhas e parou-se meio à distância, olhando. – "Está bem"– disse. E ficou rígida, olhando para a menina dos seus cuidados. – "O que te fizeram?..." – murmurou enfim, contendo-se. Aproximou-se, beijou-lhe a testa e apenas disse, antes de retomar o caminho pelo qual viera: – "Reze por si mesma. Que eu só faço isso desde que você veio para cá". Clara Vitória então teve uma lembrança, algo subterrâneo, quase perdido nos vãos da memória. Ia falar, mas não vieram as palavras. Porque se palavras tivesse e elas viessem à sua boca, apenas diria o nome amado e triste, perguntaria por aquele que ela esperava em todos os minutos de sua vida. Siá Gonçalves hesitou um instante, levou a mão ao rosto da menina e olhou-a firme: – "Ele está bem. Mandou notícias que vem logo". Clara Vitória nada disse, apenas fechou os olhos e deixou-se cair de joelhos, beijando as mãos e depois os pés de Siá Gonçalves, agarrando-se àquelas pernas ainda rijas, molhando-as de lágrimas, não se importando com o toque áspero da pele curtida pelos anos e pelo muito sol.

7

NA PENSÃO DE PORTO ALEGRE, O MAESTRO vestia-se com imensa dificuldade. Domingo de missa comemorativa ao onomástico de uma das princesinhas da Casa Imperial, ele estaria despedido se novamente mandasse Rossini para substituí-lo: o Bispo já se irritava com essas trocas de serviçais, e furioso perguntava-se, pelas arcadas da Cúria Metropolitana, por que seus regentes estavam sempre à morte.

Rossini tentava acertar a gravata no amigo, reclamando que ele não ficava quieto. O Maestro então parou-se, enfastiado. O rabequista terminou o trabalho, afastou-se um pouco: – "Enfim consegui terminar esse maldito laço". – "Antes fosse o laço da forca..." Rossini deu uma gargalhada: – "Pois é fácil: é só dar um tiro nos cornos do Bispo que você tem lá a sua forca na medida". O Maestro segurou-o pelos ombros: – "O que me diz, será que ela ainda pensa em mim? Será que ainda está viva?" – "Decerto. *Primo*: as mulheres não morrem. E a prova é que no mundo só há viúvas, e não viúvos. *Secundo*: as mulheres não esquecem. Para alegria e tragédia dos homens". – "Quero voltar, não aguento mais isso". – "Ah, que você está me saindo melhor que um tenor de ópera. E vamos trabalhar, que está na hora". – Dizendo isso, pegou o Maestro pelo braço e levou-o porta fora.

Às onze entravam no templo já lotado. Subiram ao coro, onde os músicos, na habitual falta de interesse, procuravam seus lugares frente às estantes. O Maestro veio até o armário das partituras, revirou-as sem entusiasmo, achou a *Abertura em Ré* do Padre José Maurício, bastante festiva para o momento, e pediu a Rossini que distribuísse as partes – os músicos, já acostumados às esquisitices do Maestro, e bem conhecedores do pequeno repertório da orquestra, já não reclamavam por tocarem sem ensaio. Em dado momento, ele se deparou com uma partitura atada por uma fita. Sorriu: era a música que ele compusera para Clara Vitória. Havia trazido para ali para esquecer-se. Tomou-a, avaliou sua saudade e seu desconsolo, folheou umas páginas e toda a música surgiu daquelas pautas, intacta, ressoando em sua memória, despertando-lhe lembranças. E deu-lhe um repente: por que não a tocava? Chamou Rossini e comunicou-lhe a intenção. – "Você está louco" – foi a resposta – "qualquer um vai saber que não é música de igreja. Desista". Foram suas últimas palavras antes de encarar o Maestro, ver aquela determinação dos apaixonados, antes de erguer o ombros, suspirar e, enfim, antes de concordar com o despropósito. Pegou as partituras e foi distribuindo pelas estantes, resmungando que se tratava de uma peça composta por ele mesmo. O Maestro veio então para o órgão, estalou os nós dos dedos como fazem os tecladistas, olhou pelo espelho e viu que o Bispo entrava pela porta ao lado do Evangelho, de báculo e mitra, seguido pelos cônegos do Cabido Diocesano e pelo cura da Catedral. Pararam-se de pé, de costas para o altar. O Maestro fez um sinal à orquestra e rompeu o patriótico *Hino da Carta*, que os músicos sabiam de cor e como era de preceito nessas ocasiões em que o Estado se misturava à Igreja. Terminado o hino, o Bispo veio sentar-se em seu trono. Iniciava-se a missa, oficiada pelo cura. Não era missa solene, e a ausência de canto possibilitava ao Maestro dispor as músicas conforme seu gosto. Quando o oficiante terminou o *et vitam venturi saeculi, amen*, o Maestro deu início à música de José Maurício. A *Abertura em Ré*, na sua banalidade, fez o Bispo bocejar e vagamente interessar-se por uma imagem de roca de São Francisco de Assis. Durante a Consagração, o Maestro improvisou firulas ao órgão, estabelecendo um delicado diálogo entre diferentes escalas.

Mas na conclusão do Cânon, quando o cura dizia *Libera nos quaesumus, Domine, ab omnibus malis praeteritis*, o Bispo ergueu energicamente a cabeça para o coro: de lá provinha uma inesperada melodia profana, quase uma canção das modinhas dos salões, e que vagava pela nave central como um convite do demônio. Os fiéis remexeram-se nos bancos, olharam também: o Maestro saíra do órgão e, vindo para a frente de sua orquestra, de pé, comandava-a. O Bispo, bufando, avermelhava, o cura fez força para concentrar-se e os cônegos remexiam-se em suas estalas. Foi o suficiente para que a assistência toda, fascinada e comovida, acompanhasse com um breve balanço dos pés o compasso lascivo que descia do coro.

Ao terminar a missa, e terminou como o diabo gosta, o Maestro estava com um olhar trespassado de dor e esperança, recostado na balaustrada do coro, e mal ouviu quando vieram com a notícia que D. Feliciano exigia a sua imediata presença na Cúria.

Foi despedido sem contemplações, ele e Rossini; ele por suas faltas e por esse vexame de hoje em plena missa festiva; e o rabequista porque era conivente com a safadeza. Quando o Bispo estendeu-lhe secamente o anel para beijar, ele sorria. Vinha assobiando ao atravessarem a Praça da Matriz. – "Estamos fodidos" – disse Rossini. – "Não" – respondeu o Maestro –, "estamos salvos". – E, numa determinação implacável: – "Vamos para a estância". O rabequista parou, que loucura era aquela? – "Deus agiu, é Ele que me manda de volta". – "Você pode estar louco, mas eu não". O Maestro parou-se à sua frente: – "Se você é meu amigo, deve me ajudar, ouça". Deveriam arrebanhar os músicos espalhados pelos cabarés e bandas, era só uma questão de convencê-los. Pagar? Ele tinha certeza de que o Major Antônio Eleutério, ao vê-los chegar, iria aceitá-los de volta. – "Não vai, Maestro. Isso é uma loucura". – Rossini disse isso, e de repente, vendo o Maestro pleno de amor e drama, tudo aquilo que parecia um absurdo transformou-se na grande possibilidade, talvez a última de sua vida, de participar do ato final. Recusar-se a acompanhá-lo seria negar-se aos sonhos que o fizeram músico. Tudo se resolveu de modo rápido: percorreu todos os lugares onde os músicos da Lira tocavam, e acabou conseguindo aqueles mais nostálgicos e que não se tinham encontrado na Capital. Em dois dias estavam no barco que partia as águas do Jacuí.

O Major, afundado na rede, piscou muitas vezes ao escutar a notícia que o capataz lhe trazia. E a vida, que lhe escapava, de imediato começou a fluir de novo em suas veias, e ele correu à porteira, não crendo que enxergava, ali, a sua orquestra. Não fez indagações, mandou-os se acomodarem no galpão, e quanto ao Maestro, disse-lhe que poderia ocupar seu antigo aposento.

De volta ao quarto de hóspedes, intacto como o deixara, o Maestro abriu a janela e foi recuperando aquelas paredes, a colcha bem esticada sobre a cama, e sentiu que ainda mantinha sua presença. Sobre a mesinha, estava o toco de vela que iluminara sua última noite na estância, e o tampo mantinha os sinais dos riscos de seu lápis. Siá Gonçalves apareceu na porta, levou-o para fora e, sob o umbu, disse-lhe tudo que acontecera em sua ausência. – "E ver a criança, nem pense nisso. Está bem cuidada".

O primeiro ensaio foi como se recuperasse a existência.

O Major consultou o calendário e viu que no domingo seguinte faria aniversário. E entregou-se a preparativos febris para a data, na qual esperava receber a "maior enchente" a que a estância jamais tinha assistido: despachou homens para todos os recantos e até para a casa canônica de São Vicente, chamando para "o grande concerto", no qual a Lira Santa Cecília iria executar todas as músicas do repertório, e tudo iria terminar num baile. Os emissários voltavam com notícias preocupantes: as pessoas, inclusive o Vigário, escutavam o convite e depois mandavam agradecer, sem dizer se vinham ou não vinham. – "E o Paracleto?" – perguntou ao emissário. – "Esse já disse que não vem, porque está com reumatismo". – "Caralho, ele pensa que pode me fazer de bobo?" – E o desconsolo de Antônio Eleutério transformou-se numa reflexão irada sobre as ingratidões dos amigos, e circulava pela casa como um possesso, chamando pela mulher e dizendo-lhe, entre arrancos de um ódio que espumava pelos cantos dos lábios, que o descarado do Paracleto Mendes mentia com essa história de doença, o que estava pensando, aquele puto de merda?

Amanheceu abafadiço o domingo do aniversário de Antônio Eleutério. No almoço solitário, que as criadas serviram em silêncio, tomou três quartilhos de vinho, dois a mais do que a conta, e, trocando as pernas, batendo-se nos móveis, chegou à porta, encostou-se à ombreira de grés, pôs a mão sobre a linha dos olhos e mirou ao longe. – "Dia bom" – disse, em meio às névoas da consciência. – "Vem bastante gente para o concerto". – E sentou-se na frente da casa, mergulhando num sono bêbado. Acordou sobressaltado, o sol cozinhando os miolos.

Levantou-se, lavou os sovacos na sua bacia de cobre, vestiu uma camisa limpa, arrumou os cabelos com os dedos. Gritou, chamou gente e mandou que levassem as cadeiras para baixo do umbu, o que estavam esperando? Veio para a frente, e a cada momento olhava para a porteira. E assim fez até que um negro veio trazer o mate, que ele não quis. – "Merda, onde estão todos?" – perguntou, como se não perguntasse a ninguém. Alarmou-se com algumas nuvens escuras que se acumulavam, gordas e prenhes, para o lado Sul, de onde vêm as chuvas. Perdeu-se tanto nas ideias que não acreditou ao ouvir o carrilhão da sala bater as quatro horas. Perscrutou o horizonte vazio. O tempo já mudava: um vento morno revolvia poeira, o que é sempre prenúncio de tormenta.

Às quatro e meia, chegou Paracleto Mendes, bufando de gordura. Nem apeou da montaria, mau sinal. O Major foi logo perguntando pelo reumatismo. O homem não estava para volteios: – "Não conte mais comigo, nem com os meus. Não se fica por aí dando tiros nos outros, nem se faz isso com a filha, que não merece esse castigo de bruto". Antônio Eleutério estacou, num assombro ofendido: – "Estou muito velho para receber lições na minha casa, e se não veio para ouvir a orquestra, pode ir embora". – "É o que vou fazer". – Esporeou o cavalo: – "Se os outros não tiveram coragem de falar, eu tive". – E dando meia-volta, ganhou terreno. Trêmulo, Antônio Eleutério veio para dentro de casa e buscou uma garrafa de vinho. Todos agora o abandonavam, ignorando o que ele já fizera por eles, oferecendo-lhes a música que jamais ouviriam em suas porcas vidas. Era isso: não eram capazes de entender nada, e por isso se vingavam agora, usando os motivos mais cretinos. À medida em que bebia, inteirando-se da realidade de que não teria ninguém para ouvir a Lira, tornou-se uma repentina sombra de si mesmo: os da casa viram-no ir para o terreiro, onde passou a caminhar, fazendo gestos incompreensíveis, cumprimentando convidados imaginários e dizendo palavras que só ele entendia. Encostou-se a uma árvore, os olhos esgazeados, respirando com força, a fixar com estupidez para um ponto qualquer onde concentrou toda sua raiva: e começou a gritar blasfêmias aos santos, nos estertores de uma febre que o fazia queimar por dentro. Exausto e gotejando suor, jogou-se na rede, mandou vir mate e sorveu chaleiras enfiadas. Perdendo o pudor, esvaziou os intestinos ali mesmo, recozinhando-se no bafo acre das próprias fezes. Quando o sol começava a encaminhar-se para os lados do Santa Maria, Antônio Eleutério, dobrado de amargor, deu ainda uma última olhada, e viu à distância apenas as breves silhuetas do seu gado.

Da janela, D. Brígida olhava-o com uma alegria feroz, aquela alegria pela qual, sem saber, tanto havia esperado. Julgava-se, agora e para sempre, liberta daquele homem ao mesmo tempo rude e soberbo, cujas entranhas podres só evacuavam podridão. Comparado aos parentes do Caverá, Antônio Eleutério ganhava deles em artes de fazer o mal. Pois se os parentes pecavam por honradez e morriam por predestinação, o marido fazia tudo sabendo o que fazia. Deus, por maior misericórdia que tivesse, não teria como recebê-lo em Sua Glória – no tanto que ela podia entender das glórias celestiais –, pois Deus tudo ouve e tudo perdoa, menos um pai que renega a filha, encaminhando-a para a vergonha e a calúnia perpétua.

Antônio Eleutério foi para seu quarto e deitou-se, fazendo gemer o lastro. D. Brígida apareceu na porta e nauseou-se pelo fedor que exalava do marido: – "E você esperava que viesse gente, depois das coisas que fez?" Antônio Eleutério tentava soerguer-se, mas caía ao próprio peso, afundando-se no colchão. E abriu um sorriso malévolo: – "Ah... quem está falando, quem, daquela família de bandidos, aqueles que por muito menos matavam e degolavam. Me deixe só". – "À vontade" – e D. Brígida saiu, batendo a porta.

Mas os que deram o Major como louco tiveram de morder a língua. Logo ele se erguia com um outro ânimo, e chegando ao galpão, gritava para músicos que se aprontassem: iriam ter concerto de qualquer maneira. E derivou a convocar os da estância, as negras, os peões, os arranchados de toda espécie que ali viviam. Mandou acordar Eugênio e Bobó, que descansavam debaixo das árvores, e ordenou-lhes que viessem. Entrando em casa, chamou D. Brígida. – "Não vem?" – "Vou, mas é de volta para o Caverá". – "Pois vá duma vez, criatura dos diabos!" Só parou sua ânsia quando vieram chamá-lo. Foi para o umbu, onde todos estavam reunidos. – "Vamos ter concerto!" – gritou. E, dando ação à palavra, mandou trazerem sua poltrona de vime.

O concerto começou, e de forma cruel: o Major vigiava os músicos, sentado bem à frente, retesando-se quando paravam. – "Adiante!" A música, para ele, deixava de ser aquele momento de alegria em que se reencontrava, constituindo-se, agora, numa necessidade pérfida, não importando se os músicos tocassem mal ou bem: o que valia era que estavam ali, obedientes, esfregando os arcos nas rabecas, batendo os tambores e soprando como demônios.

O Vigário estivera toda manhã fiscalizando seus barômetros, constatando que a umidade aumentara desde ontem. O silêncio e a submissão dos números confortava-o. Sobre eles tinha poder, bem diferente do que acontecia com seus paroquianos. Chegava a desconfiar do poder de suas prédicas. E agora havia o concerto do aniversário... Sua vontade era correr até à casa do Major, ficava com terreno fértil para aconselhá-lo a voltar para a senda do bem. Mas como seria recebido, depois de que se estranharam, no outro dia?

O tempo, na estância, começava a descompor-se de vez. Um manto obscuro toldava o céu, num entardecer precoce. O vento aumentava seu giro, secando a garganta. A Lira Santa Cecília prosseguia seu concerto, sob o olhar vagaroso e cruel do Major.

As rodas da charrete do Vigário quase se destroçavam pelo caminho cheio de pedras e buracos que faziam saltar a velha traquitana igual a uma lebre perseguida. Muito ele duvidara, nesta tarde agourenta de mormaço, antes de resolver-se, muito estivera orando frente ao seu Cristo de madeira. Convencera-se a vir na última hora, ante o argumento que pusera a si mesmo, num instante de santa lucidez: não podia renegar seus votos de perpétua assistência ao rebanho que Deus lhe confiara. *Tu es sacerdos in aeternum, és sacerdote para sempre*, sim, deveria abandonar sua comodidade de clérigo rotineiro e lançar-se a uma ação dramática para reconquistar aquela alma desviada. Ao chegar à estância, intrigou-se pelo silêncio e pelo deserto de pessoas. Apeou da charrete, e ao enxergar a orquestra tocando apenas para a gente da casa, previu algum acontecimento extraordinário.

Clara Vitória olhou para cima: as escarpas do boqueirão comprimiam o céu trevoso, e o ar espessava-se num odor de água. Já cedo ela notara os sinais cambiantes da natureza: a solenidade plástica da manhã alterava-se para um anúncio de tormenta, pressentida na forma como tudo adquiria uma quietude de espera. Até o breve caudal do arroio parecia interromper-se. Um gelo percorreu-lhe a coluna vertebral: escutou, fresca e nítida, devassando a distância, a *sua* música. Não era nada, eram fragmentos esparsos, mas que sua memória apaixonada já unia, já ampliava. "Estou sonhando". Mas não, a música persistia, como uma carícia. "Ah, ele voltou, ele ainda me quer", ela murmurou numa surpresa venturosa, os olhos embebendo-se de lágrimas. E caminhava com os braços abertos pelas margens de sua pequena ilha, e cantarolava a melodia das rabecas junto com a orquestra, quando o brilho instantâneo e silencioso de um raio clareou o ventre das nuvens. Ela parou, curvou o corpo, baixou a cabeça entre as mãos: um instante de angústia, de expectativa – e já era um bramido repercutindo pelas quebradas longínquas. O vento, que antes movia apenas as folhas das árvores, agora entrava pelo boqueirão girando como um tropel em fúria, devastando, arrancando, destruindo. Crepitavam os barrotes da tapera, e do telhado levantavam-se fibras de santa-fé como se fossem gigantescas asas de morcego. Ela apurou o ouvido: ao fundo, bem ao fundo do estrépito, numa obstinação amorosa, a Lira Santa Cecília ainda soava, vencendo a tempestade.

Agora o vento revolvia a estância num fragor inaudito, e as partituras, adejando pelo espaço, eram solitárias despedidas de quem foge do inferno. Então foi uma pequena gota, que atingiu o rosto do Major. Outras gotas depois vieram, grossas e desparelhas, e logo eram pingos tépidos que molhavam os cabelos, e que rodopiavam conduzidos pelo ar num redemoinho fantástico, numa fieira de cordões serpenteando numa ira enlouquecida. E despejou-se um aguaceiro pesado, como se os céus se abrissem. Os instrumentos, molhados, pouco a pouco perdiam seus sons. A borrasca vergastava todos que estavam ali, confundindo escravas e peões na mesma massa. – "Toquem alguma coisa alegre, que eu quero dançar!"

O Maestro disse aos músicos que não saíssem de seus lugares, e que as rabecas, as únicas que ainda soavam, atacassem a valsa *Flor da campanha*. Aos primeiros compassos, o Major pegou uma das negras e obrigou-a a dançar com ele. Atropelando o compasso, caía, levantava-se, retomando as evoluções bêbadas. O Vigário passou a descrer dos próprios olhos: no entremeio da chuva, rodopiando no espanto da morte, como coisa de outro mundo, começaram a cair gotas escuras e viscosas, que varavam o ar e projetavam-se nos rostos. Ele olhou para as próprias mãos e com asco viu-as tintas de vermelho, e passou a gritar "sangue, sangue"; ao limpar-se na batina, o tecido não se tingia, "estou louco", ele dizia, caminhando de braços abertos como Cristo pelo meio daquela gente, ébrio de horror. Persignou-se, para implorar a clemência divina para aquele apocalipse. E sabendo que os santos o amparavam, e que o Major, por sua maldade era quem atraía toda aquela cólera divina, encaminhou-se resoluto até ele, separando-o da negra e prendendo-o pelo braço. – "Pelo amor de Deus, Major!" – "O senhor fala em Deus..." – Antônio Eleutério sorriu, num ricto de incredulidade libertina. – "Mas onde Ele escondeu meus convidados?" O Vigário parou, interdito. Nada mais restava daquele homem. E com muita caridade, levou-o para a poltrona, fazendo-o sentar-se. O Major já não falava, imerso nas sombras de um estupor, retendo o revólver junto ao corpo. Os filhos tentaram tirar-lhe a arma, mas ele, possuído por uma força violenta, rechaçava-os com pontapés e dentadas.

Todos o deram como perdido.

O Maestro veio até o Vigário e disse às suas costas: – "A bênção, meu padre". O Vigário voltou-se com raiva, ia gritar que ele, ele Maestro, ele era o culpado de tudo, mas vacilou ante aquele olhar agora límpido, e onde o Amor brilhava como uma lanterna. – "A bênção, meu padre". De quê o condenaria? Quem era isento de culpa, nesse mundo? Ergueu o braço no ar e susteve-o, decidindo-se se o esbofeteava ou cedia ao impulso de traçar-lhe uma cruz na testa. – "Espere". – E gritando para os desorientados remanescentes, quis mandar que fossem embora, cuidar das suas coisas. Mas não era preciso: via, em meio à cortina de água e sangue, que os filhos do Major, os peões, os escravos e o próprio capataz já corriam embora. Preparava-se para dizer algo ao Maestro, quando encontrou um vazio à sua frente. Procurou-o, viu que ele descia o lançante no sentido do boqueirão. Ia ordenar-lhe que parasse, mas deteve-se quando entendeu tudo. Quem era ele, um simples padre, para subverter os planos amorosos de Deus?

Já não havia mais sangue, a chuva parava.

E ao vulto que ia ficando cada vez menor, desaparecendo numa dobra da planície, já iluminado por uma réstia de sol que o acompanhava, o Vigário lançou a sua bênção de reconciliação e de paz.

Foi quando soou um tiro atrás de si. Virou-se, ainda a tempo de amparar o corpo do Major, que tombava para o lado, agarrado ao revólver. O Vigário, ignorando a teológica repugnância pelos suicidas, fechou-lhe as pálpebras e mentalmente disse as palavras do *Requiem*. Súbito, pressentiu alguém e voltou-se: sentado numa pedra, Rossini, o rabequista, meio rindo, com aquele seu ar sempre superior, sempre desafiante e irônico, olhava-o e começava a bater palmas, lentas ao início, e que depois soavam com a regularidade da assistência de um pano de cena que se fecha.

No boqueirão, o céu, um cristal translúcido, exibia abertas de luz. Toda atmosfera respirava um novo ar, pássaros de bom tempo giravam nas alturas, descrevendo arcos de felicidade, e o arroio voltava a correr.

Ela foi até a margem, tirou a roupa e lavou-se. Estava assim, meio submersa, refrescando-se na delícia da tarde, quando sentiu que alguém vinha em sua direção, atravessando as águas. E logo soube quem era, sempre saberia dali por diante, pelos anos afora: não precisou cobrir-se, nem correr de vergonha, apenas abriu os braços e entregou-se ao primeiro beijo de todos os beijos de sua longa vida.

Porto Alegre, outubro de 1994 a maio de 1997.

A história da moça abandonada no boqueirão me foi contada por uma amiga, a escritora Hilda Simões Lopes, e aconteceu no século passado, nos campos de sua família. É, portanto, uma "história real", o que lhe dá certa nota picante; mas aqui, como em todas as realidades, *a fantasia ocupa o lugar do trivial e do desconhecido – e isso é apenas uma homenagem à Literatura.*

L.A. de A.B.

O autor lembra aqui de Lúcia Mattos, Volnyr Santos, Ida Franco, Cora Martins e Cíntia Moscovich, que foram, de uma ou de outra forma, importantes para a existência deste livro. E de Sergio Faraco, pela persistência amiga.

Coleção **L&PM** POCKET

1191.**E não sobrou nenhum e outras peças** – Agatha Christie
1192.**Ansiedade** – Daniel Freeman & Jason Freeman
1193.**Garfield: pausa para o almoço** – Jim Davis
1194.**Contos do dia e da noite** – Guy de Maupassant
1195.**O melhor de Hagar 7** – Dik Browne
1196(29).**Lou Andreas-Salomé** – Dorian Astor
1197(30).**Pasolini** – René de Ceccatty
1198.**O caso do Hotel Bertram** – Agatha Christie
1199.**Crônicas de motel** – Sam Shepard
1200.**Pequena filosofia da paz interior** – Catherine Rambert
1201.**Os sertões** – Euclides da Cunha
1202.**Treze à mesa** – Agatha Christie
1203.**Bíblia** – John Riches
1204.**Anjos** – David Albert Jones
1205.**As tirinhas do Guri de Uruguaiana 1** – Jair Kobe
1206.**Entre aspas (vol.1)** – Fernando Eichenberg
1207.**Escrita** – Andrew Robinson
1208.**O spleen de Paris: pequenos poemas em prosa** – Charles Baudelaire
1209.**Satíricon** – Petrônio
1210.**O avarento** – Molière
1211.**Queimando na água, afogando-se na chama** – Bukowski
1212.**Miscelânea septuagenária: contos e poemas** – Bukowski
1213.**Que filosofar é aprender a morrer e outros ensaios** – Montaigne
1214.**Da amizade e outros ensaios** – Montaigne
1215.**O medo à espreita e outras histórias** – H.P. Lovecraft
1216.**A obra de arte na era de sua reprodutibilidade técnica** – Walter Benjamin
1217.**Sobre a liberdade** – John Stuart Mill
1218.**O segredo de Chimneys** – Agatha Christie
1219.**Morte na rua Hickory** – Agatha Christie
1220.**Ulisses (Mangá)** – James Joyce
1221.**Ateísmo** – Julian Baggini
1222.**Os melhores contos de Katherine Mansfield** – Katherine Mansfield
1223(31).**Martin Luther King** – Alain Foix
1224.**Millôr Definitivo: uma antologia de *A Bíblia do Caos*** – Millôr Fernandes
1225.**O Clube das Terças-Feiras e outras histórias** – Agatha Christie
1226.**Por que sou tão sábio** – Nietzsche
1227.**Sobre a mentira** – Platão
1228.**Sobre a leitura** *seguido do* **Depoimento de Céleste Albaret** – Proust
1229.**O homem do terno marrom** – Agatha Christie
1230(32).**Jimi Hendrix** – Franck Médioni
1231.**Amor e amizade e outras histórias** – Jane Austen
1232.**Lady Susan, Os Watson e Sanditon** – Jane Austen
1233.**Uma breve história da ciência** – William Bynum
1234.**Macunaíma: o herói sem nenhum caráter** – Mário de Andrade
1235.**A máquina do tempo** – H.G. Wells
1236.**O homem invisível** – H.G. Wells
1237.**Os 36 estratagemas: manual secreto da arte da guerra** – Anônimo
1238.**A mina de ouro e outras histórias** – Agatha Christie
1239.**Pic** – Jack Kerouac
1240.**O habitante da escuridão e outros contos** – H.P. Lovecraft
1241.**O chamado de Cthulhu e outros contos** – H.P. Lovecraft
1242.**O melhor de Meu reino por um cavalo!** – Edição de Ivan Pinheiro Machado
1243.**A guerra dos mundos** – H.G. Wells
1244.**O caso da criada perfeita e outras histórias** – Agatha Christie
1245.**Morte por afogamento e outras histórias** – Agatha Christie
1246.**Assassinato no Comitê Central** – Manuel Vázquez Montalbán
1247.**O papai é pop** – Marcos Piangers
1248.**O papai é pop 2** – Marcos Piangers
1249.**A mamãe é rock** – Ana Cardoso
1250.**Paris boêmia** – Dan Franck
1251.**Paris libertária** – Dan Franck
1252.**Paris ocupada** – Dan Franck
1253.**Uma anedota infame** – Dostoiévski
1254.**O último dia de um condenado** – Victor Hugo
1255.**Nem só de caviar vive o homem** – J.M. Simmel
1256.**Amanhã é outro dia** – J.M. Simmel
1257.**Mulherzinhas** – Louisa May Alcott
1258.**Reforma Protestante** – Peter Marshall
1259.**História econômica global** – Robert C. Allen
1260(33).**Che Guevara** – Alain Foix
1261.**Câncer** – Nicholas James
1262.**Akhenaton** – Agatha Christie
1263.**Aforismos para a sabedoria de vida** – Arthur Schopenhauer
1264.**Uma história do mundo** – David Coimbra
1265.**Ame e não sofra** – Walter Riso
1266.**Desapegue-se!** – Walter Riso
1267.**Os Sousa: Uma famíla do barulho** – Mauricio de Sousa
1268.**Nico Demo: O rei da travessura** – Mauricio de Sousa
1269.**Testemunha de acusação e outras peças** – Agatha Christie
1270(34).**Dostoiévski** – Virgil Tanase
1271.**O melhor de Hagar 8** – Dik Browne
1272.**O melhor de Hagar 9** – Dik Browne
1273.**O melhor de Hagar 10** – Dik e Chris Browne
1274.**Considerações sobre o governo representativo** – John Stuart Mill

1275.**O homem Moisés e a religião monoteísta** – Freud
1276.**Inibição, sintoma e medo** – Freud
1277.**Além do princípio de prazer** – Freud
1278.**O direito de dizer não!** – Walter Riso
1279.**A arte de ser flexível** – Walter Riso
1280.**Casados e descasados** – August Strindberg
1281.**Da Terra à Lua** – Júlio Verne
1282.**Minhas galerias e meus pintores** – Kahnweiler
1283.**A arte do romance** – Virginia Woolf
1284.**Teatro completo v. 1: As aves da noite *seguido de* O visitante** – Hilda Hilst
1285.**Teatro completo v. 2: O verdugo *seguido de* A morte do patriarca** – Hilda Hilst
1286.**Teatro completo v. 3: O rato no muro *seguido de* Auto da barca de Camiri** – Hilda Hilst
1287.**Teatro completo v. 4: A empresa *seguido de* O novo sistema** – Hilda Hilst
1289.**Fora de mim** – Martha Medeiros
1290.**Divã** – Martha Medeiros
1291.**Sobre a genealogia da moral: um escrito polêmico** – Nietzsche
1292.**A consciência de Zeno** – Italo Svevo
1293.**Células-tronco** – Jonathan Slack
1294.**O fim do ciúme e outros contos** – Proust
1295.**A jangada** – Júlio Verne
1296.**A ilha do dr. Moreau** – H.G. Wells
1297.**Ninho de fidalgos** – Ivan Turguêniev
1298.**Jane Eyre** – Charlotte Brontë
1299.**Sobre gatos** – Bukowski
1300.**Sobre o amor** – Bukowski
1301.**Escrever para não enlouquecer** – Bukowski
1302.**222 receitas** – J. A. Pinheiro Machado
1303.**Reinações de Narizinho** – Monteiro Lobato
1304.**O Saci** – Monteiro Lobato
1305.**Memórias da Emília** – Monteiro Lobato
1306.**O Picapau Amarelo** – Monteiro Lobato
1307.**A reforma da Natureza** – Monteiro Lobato
1308.**Fábulas *seguido de* Histórias diversas** – Monteiro Lobato
1309.**Aventuras de Hans Staden** – Monteiro Lobato
1310.**Peter Pan** – Monteiro Lobato
1311.**Dom Quixote das crianças** – Monteiro Lobato
1312.**O Minotauro** – Monteiro Lobato
1313.**Um quarto só seu** – Virginia Woolf
1314.**Sonetos** – Shakespeare
1315(35).**Thoreau** – Marie Berthoumieu e Laura El Makki
1316.**Teoria da arte** – Cynthia Freeland
1317.**A arte da prudência** – Baltasar Gracián
1318.**O louco *seguido de* Areia e espuma** – Khalil Gibran
1319.**O profeta *seguido de* O jardim do profeta** – Khalil Gibran
1320.**Jesus, o Filho do Homem** – Khalil Gibran
1321.**A luta** – Norman Mailer
1322.**Sobre o sofrimento do mundo e outros ensaios** – Schopenhauer
1323.**Epidemiologia** – Rodolfo Sacacci
1324.**Japão moderno** – Christopher Goto-Jones
1325.**A arte da meditação** – Matthieu Ricard
1326.**O adversário secreto** – Agatha Christie
1327.**Pollyanna** – Eleanor H. Porter
1328.**Espelhos** – Eduardo Galeano
1329.**A Vênus das peles** – Sacher-Masoch
1330.**O 18 de brumário de Luís Bonaparte** – Karl Marx
1331.**Um jogo para os vivos** – Patricia Highsmith
1332.**A tristeza pode esperar** – J.J. Camargo
1333.**Vinte poemas de amor e uma canção desesperada** – Pablo Neruda
1334.**Judaísmo** – Norman Solomon
1335.**Esquizofrenia** – Christopher Frith & Eve Johnstone
1336.**Seis personagens em busca de um autor** – Luigi Pirandello
1337.**A Fazenda dos Animais** – George Orwell
1338.**1984** – George Orwell
1339.**Ubu Rei** – Alfred Jarry
1340.**Sobre bêbados e bebidas** – Bukowski
1341.**Tempestade para os vivos e para os mortos** – Bukowski
1342.**Complicado** – Natsume Ono
1343.**Sobre o livre-arbítrio** – Schopenhauer
1344.**Uma breve história da literatura** – John Sutherland
1345.**Você fica tão sozinho às vezes que até faz sentido** – Bukowski
1346.**Um apartamento em Paris** – Guillaume Musso
1347.**Receitas fáceis e saborosas** – José Antonio Pinheiro Machado
1348.**Por que engordamos** – Gary Taubes
1349.**A fabulosa história do hospital** – Jean-Noël Fabiani
1350.**Voo noturno *seguido de* Terra dos homens** – Antoine de Saint-Exupéry
1351.**Doutor Sax** – Jack Kerouac
1352.**O livro do Tao e da virtude** – Lao-Tsé
1353.**Pista negra** – Antonio Manzini
1354.**A chave de vidro** – Dashiell Hammett
1355.**Martin Eden** – Jack London
1356.**Já te disse adeus, e agora, como te esqueço?** – Walter Riso
1357.**A viagem do descobrimento** – Eduardo Bueno
1358.**Náufragos, traficantes e degredados** – Eduardo Bueno
1359.**Retrato do Brasil** – Paulo Prado
1360.**Maravilhosamente imperfeito, escandalosamente feliz** – Walter Riso
1361.**É...** – Millôr Fernandes
1362.**Duas tábuas e uma paixão** – Millôr Fernandes
1363.**Selma e Sinatra** – Martha Medeiros
1364.**Tudo que eu queria te dizer** – Martha Medeiros
1365.**Várias histórias** – Machado de Assis
1366.**A sabedoria do Padre Brown** – G. K. Chesterton
1367.**Capitães do Brasil** – Eduardo Bueno
1368.**O falcão maltês** – Dashiell Hammett
1369.**A arte de estar com a razão** – Arthur Schopenhauer
1370.**A visão dos vencidos** – Miguel León-Portilla

IMPRESSÃO:

PALLOTTI
GRÁFICA

Santa Maria - RS | Fone: (55) 3220.4500
www.graficapallotti.com.br